Euan Michel
「箱庭ノ雛」

Chara

箱庭ノ雛

二重螺旋14

吉原理恵子

キャラ文庫

この作品はフィクションです。
実在の人物・団体・事件などにはいっさい関係ありません。

目次

口絵・本文イラスト／円陣闇丸

《＊＊＊　新学期　＊＊＊》

四月某日。

昨日まではどんよりした空模様がずっと続いていたのに、今日は、朝から雲ひとつない見事な快晴。

（んー……いい天気）

部屋のカーテンを開けて外を見やり、篠宮尚人《しのみやなおと》はひとつ大きく伸びをした。

今日は新学期、始業式。高校生活もいよいよ最終学年なのだと思うと、不思議なもので、いつもとは少しだけ違う気分になった。

……と言っても。

（んじゃ、サクサクやってしまおっと）

登校前に朝食を作って洗濯を済ませてしまう尚人の日常生活は相変わらずだったが。

代わり映えのしない、毎日《ルーチン》。その平凡さが退屈だと感じる者は、ありふれた日常であることのありがたみを知らないからだ。

生きるための選択肢に決断と変革は付きものなのかもしれないが、日常によけいなスリルもリスクもいらない。

多少の波風はあっても、日々の平穏。

それが何よりも大事。

最低最悪な父親が亡くなるまでの過去《家庭環境》を振り返って、改めて実感する。

それもこれも、ようやく生活基盤が充実してきたからだろう。なんの憂いもなく……と言えば語弊があるかもしれないが、家の中でも外でも、ごく自然に呼吸ができるようになったことが一番嬉《うれ》しかった。

§§§§§　§§§§§　§§§§§　§§§§§

その日。

尚人が通う翔南《しょうなん》高校はいつも以上にざわついていた。

新学年のクラス替えという一年ぶりのイベントがあるからだ。

自分が何組になって、どういうメンバーがクラスメートになるのか。誰もがそれなりに浮ついていた。

　言ってしまえば、それは、せっかく馴染《なじ》んだ場から強制的にリセットされるようなものだからだ。

　そこが自分にとっては居心地のいい環境であったらあった分だけ、また一から始める人間関係というのもけっこう面倒くさくてしんどい。もちろん、その逆パターンもあるが。

　シャッフルして、リセット。

　自分にとって、新クラスが『当たり』になるのか『外れ』になるのか。それは、この一年間を占う意味でも重要なポイントであった。

　よくも悪くも無関心ではいられない。

　それが、毎年恒例のクラス替えというイベントだった。

　もちろん、尚人もその例にもれない。

　まぁ、何組になろうと、そこそこ馴染んでしまえるスキルはある。八方美人にならない程度に自己主張しつつ、ほどほどに埋没する。

　たぶん、それを聞けば、旧二年七組のクラスメートは『今更何を言ってるんだか』とどんよりと口を揃《そろ》えるだろうが。

　空気を読める達人は自分のことになるとけっこう……いや、かなり鈍い。それを地で行く尚人であった。

それでもドキドキしてしまうのは、去年のクラス替えのときとはまったく意識付けが違うからだろう。

この一年で尚人を取り巻く状況が一変してしまい、根本的なストレスが一気に解消されて気持ちがすこぶる楽になった。

鉛を飲んだように重たかった吐息が軽くなり、うつむきかげんだった顔に自然と笑みが浮かび、閉塞感《へいそく》で押し潰《つぶ》されそうだった視界が鮮明《クリア》になった。

運気が上がる。まさに、それに尽きた。

いつものように駐輪場に自転車を止めて、とりあえずは二年生まで使っていた下駄箱で上靴に履き替えてから、二年間過ごした校舎とは別棟の三年生の教室があるA棟に入る。

目に入るものがいつもとは違う感じで、なんだか新鮮な気分だった。

それから、各組の入り口に貼ってある名簿をチェックして自分のクラスを探す。

それも新学年始業日の楽しみ方のひとつとも言える……わけだが。尚人が一組の名簿を見て自分の名前がないことを確認して二組に行こうと廊下を歩いていると。

「篠宮〜〜ッ」

いきなり名前を呼ばれた。

視線の先で、中野大輝《なかのだいき》が笑顔でブンブン両手を振っていた。

(なに？　朝からテンション高いなぁ)

何事もポジティブ思考というのが中野の平常運転だが、今朝はよほどいいことがあったのかもしれない。

「おはよう」

「はよー」

まずは定番の挨拶を済ませて。

「中野、何組？」

気になることはさっさと聞いてしまう。

「三組」

「そうなんだ？」

「山下《やました》も」

あー、だからハイテンションなのかと納得する。

山下広夢《ひろむ》と中野は二年生のときには別クラスだったが、二人ともすごく仲がいい。同じ地域出身ということもあってか、学校だけではなくプライベートでも二人でよく出かけているらしい。

誰の目から見ても、まさに『ザ・親友』という括《くく》りである。

それでなくても、社交的な二人は何かと目立つ。

「桜坂《おうさか》も三組だった」

「は……い？」

番犬トリオが揃《そろ》い踏み……。それを思うと、つい変な声が出た。

桜坂＝威圧感半端ないジャーマン・シェパード。

中野＝やんちゃで憎めないシベリアン・ハスキー。

山下＝大らかだけどきっちり物申すゴールデン・レトリバー。

名は体を表す……ではないが、三人の性格がまんま表れている。尚人絡みではこの三人が何かと派手に目立ちまくりであることから、いつの間にか『番犬トリオ』という呼ばれ方が定着してしまった。

そのことを、三人がどう思っているのかはわからない。そんなことは冗談でも聞けない尚人であった。

（三組、すごいな）

なかなかに濃いメンバー編成である。

そんなことを思っていると、中野がにんまり笑った。

「おめでとう」

「え？　何が？」

「ようこそ、三組へ」

「……は？」

「だからぁ、篠宮も同じクラスだって」

「……マジで?」

思わず真顔で問い返す尚人であった。

本当に?

冗談ではなく?

ホントにホント?

「そ、そ。俺たち、マジでラッキーだよな。最終学年で同じクラスなんて」

ダメ押しとばかりに中野が尚人の肩をバシバシ叩《たた》きまくるのが、地味に痛い。

「そうだね」

さすがにこういう展開は予想していなかったが、気のおけない友人とクラスメートというのは素直に嬉しい。

もしかして、わざわざそれを伝えるために廊下で尚人を待ち構えていたのだろうか。なんだか背中がこそばゆい気がした。

「んじゃ、行くべ」

中野と肩を並べて三組に入ると、すでに窓側の後方席に桜坂と山下が陣取っていた。

「おっはー」

山下がちょいちょいと手招きをする。まるで、尚人の席はちゃんと確保しておいたからなぁ……とでも言いたげに。

「はよ」

桜坂は相変わらずの鉄仮面もどきである。

それでも。クラスの異次元スポット並みに存在感が重すぎて遠巻きにされていた一年前よりはずいぶんと雰囲気が軟化したように思うのは、この一年間で桜坂との距離感がぐっと縮まって親密化したせいだろう。

「おはよう。まさか、みんな三組だなんてちょっとビックリ」

尚人が本音を口にすると。

「や、もう、トラブルメーカーはまとめて一つにしとけっていう学校側の配慮じゃね？」

身も蓋《ふた》もないことを言って、山下がへらりと笑った。

トラブルメーカー………。

まったく身に覚えがないとは言えない出来事のあれやこれやを思い出して、尚人はつい苦笑した。そこへ。

「それって、おまえと中野のことか？」

すかさず桜坂が突っ込む。

え？

えぇぇ？

尚人は思わず中野と山下を交互に見やった。

もしかして、尚人が知らないだけでそういうことがあったのだろうか。

「何、言ってんだよ。俺らはあくまでフォロー要員だろ」

中野が堂々と主張する。

「そうだよ。誰かさんの圧が無駄に強すぎるから、クラスが円滑に回るように俺たち風除《よ》けブロック的な？」

遠慮のない山下の物言いに、そこかしこでクスクスと笑い声がもれた。

（なんか、俺たち変に目立ちまくりじゃない？）

自意識過剰だろうか。

その点に関しては桜坂もそれなりの自覚があるのか、むすりと黙り込む。

中野と山下のコンビに舌戦で勝とうなんて、無理。それって無謀な挑戦だから。尚人だって負ける。

なんだかんだでざわついていたクラスの雰囲気が、番犬トリオの掛け合い漫才もどきでグッとほぐれた。

（中野と山下って、ホント、ムードメーカーだよな）

つくづく思う。尚人には真似《まね》のできない芸当である。

それから本鈴のチャイムが鳴って新担任である本郷《ほんごう》教諭がやってくると、別の意味でクラスが引き締まった。

§§§§　§§§§　§§§§　§§§§

旧三年生が卒業して、新二年生と新三年生の生徒だけでは体育館もなんだかがらりとしているせいか、新学期に向けての校長の訓辞は思ったよりも短かった。このあとは新学年用の物販の配布など、やるべき事が多いせいかもしれない。

登校時の鞄《かばん》は軽いが、下校時には新しい教科書でパンパン。

新学期始業日の定番である。

ずっしりと重い鞄を手にして、駐輪場へと歩いて行く途中。

「そういや、篠宮はもう進学先とか決めてんの？」

不意に中野が言った。

「え？　まだだけど」

いきなり話がリアルになって、尚人は戸惑う。

「そうなんだ？　篠宮のことだから、てっきり進路先は決まってるのかと思った」

「……だよな」

山下に駄目押しされた。

「ちょっと予想外」

桜坂にまでそんなふうに言われて。

（俺たち、今日、三年生になったばっかりだって）

尚人はちょっぴり焦る。

彼らがどうしてそんなふうに思ったのか、尚人のほうこそ理由を知りたい。

「なんで？」

「だって、篠宮、英語力抜群だから。そっち系志望なのかなって」

例の『カップルガイド』騒動があって校長室に呼び出されたとき、その場でいろいろ詮索されるのが面倒くさくて、とりあえず『外語大志望で』みたいなことを口走ったのは間違いないが、進路はまだまだ流動的だった。

「そうそう。そのために英検の資格を取ってたんじゃ？」

「一級だもんな。マジですごい」

「なんかもう、着々と人生設計を立ててるなぁ……とか思って」

（人生設計かぁ）

内心、尚人はどんよりとため息をもらす。

確かに人生設計はあった。中野たちが思っているのとはまったく違っていたが。取れる資格は取っておいて損はない。というか、資格を持っていれば就職に有利になるだろうという打算があった。

そのための努力は惜しまなかったから、英検一級も取れた。そういう意味では努力はきちんと報われた。

満足？

…………一応は。やりきった充実感にはほど遠かったが。

世間には、努力だけではどうにもならない壁がある。いくら努力をしても報われない現実がある。

絶望感と飢渇感。

何をやっても無駄だという諦めと、認めてもらいたいという承認欲求。

そういう、身をよじりたくなるほどのジレンマ。

現実は思った以上にシビアで、不平等で、理不尽。弱者にはとことん優しくない。そういう毎日にどっぷり浸《つ》かっていると、社会に見捨てられた感が半端なかった。

尚人の場合。超進学校である翔南高校を受験したのはちゃちなプライドが疼《うず》いたからだ。

自己顕示欲と言うよりは、ただの自己満足。どんなに家庭環境が劣悪でも、やればできるということを周囲に知らしめてやりたかった。

あわよくば、兄の雅紀《まさき》に『よくやった』と褒《ほ》めてもらいたかった。そんな下心はさっくり無視されてしまったけれど。

難関高校に合格したという喜びよりも、家族には喜んでもらえなかったことに地味に落ち込んだ。

つまり、当時は翔南高校を受験して合格することが最大の目的であって、その先は全くの白紙状態だった。

大学進学なんて考えてもいなかった。

高校に通わせてもらえるだけで、ラッキー。

だから、高校を卒業したら公務員試験でも受けて就職するつもりだった。

進学率百パーセントの超進学校で大学進学もせずに就職するなんて、そんなことは絶対にあり得ない。たぶん、誰もがそう言うだろう。

……けれど。

尚人は本気でそう思っていた。

高校を卒業したら篠宮の家を出て自活したかった。

自活できるというあても何もなかったが、とにかく、その選択肢しかないと思い込んでいた。

母親が死んで雅紀の共犯者ではなくなってしまった自分には、もうなんの価値もない。雅紀に疎まれて、嫌われて、これ以上辛《つら》い思いをするくらいなら家を出て行ったほうがましだと思っていたからだ。

なのに。思いがけず雅紀に愛されて人生の選択肢が増えた。予想もしていなかった大学進学への道も開けた。

それは、尚人にとっては望外の幸せだった。

あまりに幸せすぎて、逆に当惑してしまった。雅紀に愛されていることも、大学に進学できることも、自分にとっては都合のよすぎる白昼夢なのではないだろうかと。

夢から覚めてしまったら、また、惨《みじ》めな自分に逆戻りをしてしまうのではないか。

でも――違った。

夢でも妄想でもなく、現実だった。

あり得ないことが起きる、衝撃。

脳みそを思うさま揺さぶられる、衝動。

嬉しかった。胸の奥がヒリヒリと痛むほどに。

幸せだった。なんだかもう、それだけで泣けてしまいそうだった。

人生の転換期。雅紀に愛されることで、それがリアルに実感できた。

本当に、去年はまるでジェットコースターに乗っているような気分だった。とにかく何もかもが目まぐるしくて、濃密すぎて、あっという間に日々が過ぎていった。

意味もなく流されているわけではないのに、なんだか、ふわふわと足下がおぼつかない感じ。

たぶん、それは幸せ慣れしていないからだろう。

大学進学という選択肢は現実になったが、この先、自分が何をどうしたいのかというはっきりとしたイメージが思い浮かばなかった。ただ漠然と三年生になってから考えればいいかなと思っていた。余裕というにはほど遠いが。

そして。

今日。

この日。

尚人は高校三年生になった。

中野にいきなり大学進学の話を振られて、そろそろ真剣に考えるべきだと嫌でも自覚させられた。

焦る必要はないのかもしれないが、きちんとした目標は持つべきだろう。だらだらと過ごす時間がもったいない。本音でそう思えた。

「中野たちは、どうなの？」

この際だから聞いてみたい。

「俺は修学旅行からこっち、けっこうマジで考えるようになった。なんか篠宮見てたら負けられねーな、とか思って」

それは買い被《かぶ》りもいいところだろう。

面映《おもは》ゆいどころか、なんだか乾いた笑いがこぼれそうになった。

「そうなんだよなぁ。高校受験するときにさぁ、担任から、将来自分が何になりたいかを考えて進路先を選べって言われて。そんときは、いや、先のわからない将来のことよりまずは現実だろ。とにかく翔南に受かってからじっくり考えればいいんじゃね？　なんて思ってたんだけど、修学旅行のあれを見ちまったら、だらだらしてらんねーよなとか、本音で思ったし」

山下もそんなことを言い出した。

「あのときの御朱印巡りメンバーって、いろいろ考えさせられたんじゃないか？　鳴瀬《なるせ》の歴女パワーもハンパなかったし」

それは尚人も思った。ある意味、圧倒された。

鳴瀬は『あくまで趣味だから』と言っていたが、あの知識量と情熱はただのオタクを超えているに違いない。

「桜坂は、どうなん？」

「もしかして、空手道に突き進むとか？」

「鍛錬としての空手は続けるつもり。けど、極めるほどストイックになれない。できることとやりたいことは別腹だし」

きっちりシビアに言い切る桜坂に。

「なんか、すげーリアリストがいるぅ」

山下が笑って突っ込む。

そして、尚人は。将来を嘱望《しょくぼう》されてその道を極めたかっただろうに、家の事情……つまりは自分たちの存在が足かせになって大学進学も剣道も諦めなくてはならなかった雅紀のことを思った。

そのとき。

雅紀が。

いったい何を考えていたのか。

よくよく考えてみれば、尚人は何も知らない。そんなことを気軽に聞けるような雰囲気でもなかった。

雅紀はそのことには一切ふれないし、尚人も当時のことはいまだに聞けないでいる。

過去は過去？　今更感が半端ないのは否定できない。

それがとても切なくて、残念で……悔しい。

「んじゃ、まだ未定ってことか？」

「進みたい方向性はあるけどな」

「おぉ……」

「へぇー」

「そうなんだ？」

もしかしたら、この時点で、四人の中で桜坂が一番将来のビジョンを持っているのかもしれない。意外と言えば失礼かもしれないが。

とにもかくにも、最終学年になって彼らと三年三組のクラスメートになれたことに喜びを感じないではいられない尚人だった。

《＊＊＊　大人の事情　＊＊＊》

国内では最大手と言われるモデル・エージェンシー『アズラエル』本社ビル。

統括マネージャーである高倉真理《たかくらまさみち》の執務室。

いつものように、加々美蓮司《かがみれんじ》はセルフでコーヒーメーカーをセットして、ラフな私服姿の加々美と違って今日もオーダーメードのスーツを隙《すき》なく着こなしてデスクチェアーに座っている高倉をちらりと見やった。

もはや死語に近いが、高倉は紛れもなく仕事ができすぎる企業戦士である。

ただのビジネスマンと言うには有能すぎて仕事量が半端なく、そういう男を世間では社畜などと野次ったりするのだろうが、見るからにエリート然とした高倉をたとえ冗談でもくたびれ感が染みついた社畜呼ばわりする者はいなかった。そんなことを口にするだけで、言った自分が惨めになるだけだからだ。

そんな、冷静沈着さが高じてなんだかアンドロイドっぽいとまで言われている高倉が、珍しくも不機嫌そうに眉間に縦皺《たてじわ》を刻んでいる。ここが高倉の専用オフィスで、相手が同年代の気のおけない加々美だから営業用ではない素顔を曝《さら》け出せる……というのを差し引いてもだ。

（なんか、ヤバそうな感じだな）

高倉が手元の書類を睨《にら》んでいる目つきが、特に。

（あれって、たぶんゲラ刷りだよな）

『アズラエル』所属の一推し新人モデルである『ショウ』が、今一番勢いがあるカナダのアパレルメーカー『ヴァンス』との日本における専属モデル契約締結記念として豪華ムック本を出版することになり、先日『ヴァンス』の顔《広告塔》であるモデルのユアンとともにその撮影を終えた。多少のアクシデントはあったが、終わりよければすべてよし……ということで。

今回のムック本は、いわゆる「ビジュアル・ブック」と呼ばれるものである。グラビア・ページとプライベート写真、そしてプロフィール紹介とインタビュー記事を盛り込んだ豪華本になる予定である。

今日はそのムック本に載せる「Q＆A」記事の第一稿が上がってくるというので、そのチェックも兼ねて加々美が呼ばれたのである。

（なんで、俺が……）

というのが、加々美の正直な気持ちである。

三十歳半ばで実質モデル業を退いたとはいえ加々美はあくまで現場の人間であって、基本それ以外はノータッチであるからだ。

今回は『ヴァンス』のチーフ・デザイナー兼オーナーのクリストファー・ナイブスの通訳として裏方担当（そのわりにはクリスともどもメディアへの露出は派手だった。むしろ宣伝のためにそれを期待されての役回りだったとも言える）に徹していたわけで、わざわざ記事の確認にまで付き合わされるのは面倒くさいというのが本音だった。

そもそも。『ヴァンス』絡みになって、高倉に呼び出される回数が格段に増えた。この執務室に加々美専用のコーヒーメーカーが備品として設置されている時点で、今更何を言ってるんだか……ではあるのだが。ご機嫌伺いと称してアポイントなしでふらりとやってくるのと名指しで呼びつけられるのとでは気分的に大違いであった。

「それで？」

淹《い》れ立てのコーヒーの香りを楽しんでソファーに座るなり加々美が言うと、高倉はデスクチェアーから立ち上がって先ほどまで見ていた書類を突きつけた。

「何か、問題でもあったか？」

あえて、口にする。

「いいから、読め」

ぞんざいに言い捨てて、加々美と向き合うようにどっかりと腰を下ろした。

（…ったく、めんどくせーな。こういう仕事は出版部の仕事だろうに）

内心ぼやきながら、ぺらりと捲《めく》る。

生配信のネット動画やテレビのライブ映像と違って、雑誌関連のきちんとしたインタビュー記事はもれなく検閲《チェック》が入るから、多少の失言やついうっかりの暴言があったとしても修正は利くのでたいした心配はない。ましてや、自社の制作するムック本の「Q＆A」なのだから、プライベートに踏み込んだ質問であっても、よく言えば当たり障りのない模範回答になってしまうのはしかたがない。読者のニーズに応えるのは大事だが、わざわざ狙《ねら》い澄ましたようなリップサービスも必要ない。

その点に限って言うのなら『ショウ』の場合は、今回の専属モデルにかける意気込みや熱意がしっかりと伝わってくる内容だった。

（まぁ、欲を言えばもうちょっと砕けてもいいかなとは思うけど）

売りがノーブル系だから基本が品行方正になってしまうのはしかたがない。今のところはギャップ萌《も》えに走るのも難しそうだが、もう一人の自社推しである『タカアキ』のようにはっちゃけすぎるのも問題である。

そこらへんを上手《うま》くコントロールするのが担当マネージャーの役目であるのだが、二人のマネージャーに対する上層部の評価も今のところは二分していた。

ぶっちゃけて言えば、モデルは大事な商品だがマネージャーは取り替えのきく自社の備品である。コンビとしての相性よりも商品に対する管理能力が試される。

そういう意味では『ショウ』のほうが順調に育っていると言えるだろう。

スタートは『タカアキ』の個性が先行していたが、ここに来て『ショウ』の地道な努力の積み重ねが報われて大金星を射止めた。そう言えないこともない。

これがある程度の実績を積んでモデルとしての経験値が上がればいいふうにこなれてくるのだろうが、新人が大役に抜擢《ばってき》されるプレッシャーを考えれば、まぁまぁの及第点というところだろう。

(『ショウ』の美点はしっかり伝わってくるしな)

丁寧で、真摯《しんし》。

商品価値としてのイメージは大事である。特に、新人は。それでも、新人らしからぬ規格外も確かにいるのだが。

加々美はふとその規格外であるところの大物、篠宮雅紀《しのみやまさき》の顔を思い浮かべた。

加々美自身が足繁《あししげ》く通ってスカウトした（所属は『アズラエル』ではなく別事務所である。そのことで加々美はいまだにしつこく高倉から根に持たれている）雅紀――モデル名『MASAKI』は他人を寄せ付けない硬質の美貌《びぼう》の正統派ノーブル系で売り出したにもかかわらず、艶《あでやか》な雰囲気《ふんいき》がありすぎて。デビュー当時からすでに別格だった。

その分、嫉妬《しっと》ややっかみがすごかった。

出る杭《くい》は打たれる。

そんなものはこの業界に限らず誰だって経験する通過儀礼と言ってしまえば、それまでだが。

新人らしからぬ鋼の神経をしていた。詰まるところ、当時十代にもかかわらず家庭事情からくる人生経験が並みではなかった。

有名になりたいという猛烈な上昇志向ではなく、もっと単純なハングリー精神。金を稼いで家族を支えたいという雅紀からしてみれば、陰口を叩いて人を貶《おとし》めることしかしない連中は視界に入れる価値もないバカ丸出しに見えたことだろう。

普段はアイス・ノーブルと揶揄《やゆ》されるほどなのに、現場に入ったら振られた役……つまりは与えられたテーマを体現できる憑依型《ひょういがた》だった。

体感がしっかりしていてブレない。口角のなにげない上げ下げと目線の流し方が秀逸すぎて、ヤバい。醸し出すオーラが半端ないのだ。

そういう艶《つや》を引き出すのも一流カメラマンの腕の見せ所と言われるのがこの業界の定説でもあるのだが、『MASAKI』の場合は天性の素質がものを言う。食ってやるつもりで食われてしまうとか、カメラマン泣かせの最たるものだろう。

それでも『MASAKI』を撮りたがるカメラマンは後を絶たない。『MASAKI』がグラビアを飾るだけで雑誌の売り上げが変動するのだから、それも道理なのかもしれない。

加々美自身素で『人たらし』呼ばわりをされているが、『MASAKI』はプロフェッショナルな艶悪《カリスマ》である。まさに、モデルが天職であると言えた。

最近はそこに『ピアノ』という一芸が加わって、更なる魅力が加速して加々美の予想の斜め上を突っ走っている。

もともと加々美が雅紀をスカウトした場所が外国人向けのピアノ・バーであり、そこでのピアノ演奏が口コミで広がって……というのがきっかけだった。雅紀のそういう下地があったことは知っていても、それが今になって大化けするとは思わなかったというのが加々美の本音である。

なにげにそれを口にした、とたん。

『何を言ってるんですか。それって加々美さんの無茶ぶりが発端じゃないですか』

雅紀にじろりと睨まれてしまった。

きっかけが加々美が企画した写真集の売り上げアップを狙ったサプライズ《メイキングDVD》であったことは否定しない。だが、普通はそこからチャリティーでの生演奏や、海外の空港でラウンジにピアノがあったから時間潰しにちょっと弾いてみた……なんて展開にはならないだろう。

つらつらとそんなことを思い出しながらけっこう真剣に読み込んでいた加々美であるが、今回のムック本のもう一人の目玉であるユアン・ミシェルの「Q&A」を見て。

「……はぁ?」

思わず間の抜けた声が出た。『ショウ』の分はみっちりとした文章量なのに、ユアンのそれはほぼ紋切り型の一言だった。

(……マジかよ?)

設問は『ショウ』と同じはずなのに、ペラい。

回答欄の文字数が薄っぺらくて、貧弱すぎる。

ペラすぎて……どうしようもない。

スカスカの行間が……物悲しい。

とにかく『ショウ』のそれとはページ数が圧倒的に釣り合わなくて、物足りないと言うよりも見た目がアンバランスすぎて非常にイメージが悪い。

高倉の縦皺の意味がよくわかる。

(これって、ダメだろ)

もろもろ、まずすぎる。

それは、そうなのだが。その一方で。

(これはこれで、いかにもユアンって気はするんだよな)

つい、思ってしまった。

特に。『……』という溜《た》めが、まんますぎて。本当に笑えない。

グラビアのように切り取られた映像美のユアンしか知らないのであれば。それもまたひとつのギャップ萌えであるかもしれないが。そこに反映されないユアンの素顔《裏事情》を目の当たりにしてしまうと、間の取り方がいかにもという気がしてしまうのだった。

……だとしても。

（「Q&A」にそういうリアルさはいらないっつーの）

加々美はどんよりとため息をついた。

ユアン自身が答えを書いたというより、その様子まで描写したのではないかと勘ぐってしまう。

誰が？

もちろん、クリスだろう。

しかも。
■Q：今回の撮影で一番楽しかったことは？
その設問に対する答えが。
■A：ナオとのおしゃべり。
――である。加々美は本気で頭を抱えたくなった。

たぶん。

……………おそらく。

……………………きっと。

それが、紛れもなくユアンの嘘《うそ》のない気持ちだったりするのだろう。

あの現場に加々美もいたから、よくわかる。

ある意味、衝撃的ですらあった。まさに『百聞は一見に如《し》かず』である。

当日、交通事故のもらい渋滞で『ショウ』の到着が大幅に遅れて。撮影現場のスタッフが皆ピリピリしていたのに、そんなことはまるで眼中にないとばかりに、ユアンとその付き添いを頼んでいた尚人《なおと》はまったりと和んでいたのだ。

え……？

嘘。

……マジで？

つい、まじまじと見入ってしまった。

常識的に考えたら、あの現場でそんなことは『現実逃避からくるあり得ない妄想』でしかないのだが。現実に、あのとき、ユアンと尚人がいるブースは確かに異次元スポットであった。

加々美とクリスが現場に入ったのが予定された撮影時間より遅かったので、二人の様子を最初から見知っていたわけではない。そのあたりのことを当日のユアン担当だった高倉に聞くと。

可愛《かわい》らしい二匹の子猫がほんわかとじゃれ合っているようで目の保養だった——と。

それって、おまえ、どうなんだ？

……と呆《あき》れかえる前に、妙に納得してしまった。

実際に。ユアンのブースにやってきたときのあれを見てしまったから。

いや、もう、本当に。『まいりました』というしかない。

クリスが、そんな二人の様子を見て素でにっこり笑顔（営業用ではなく本心からの）だったのが、加々美的にはなんだかなぁ……だった。不本意ながら、クリスが尚人にこだわる理由がよくわかった。

尚人という癒《い》やしの効果はすごかった。

尚人がいなかったら、現場はもっと殺伐とした雰囲気になっていたかもしれない。

つくづく実感させられた。その点に関しては、高倉もクリスも異論はないだろう。

むしろ、クリスとは逆の意味で、高倉が尚人を青田買いにしたくなる理由付け……付加価値が上がったのではないだろうか。

だが。

――しかし。

(だからって、これはないだろ)

これをメールしてきたクリスの胡散臭《うさんくさ》い笑顔を思い浮かべて、加々美は本音で一発殴りたくなった。

遊び心もここまで来ると笑えない。

というより。いったんは引き下がったが、尚人のことは諦めていないというクリスなりのメッセージだったりするのかもしれない。

(そっちの都合で引っかき回すのはやめろ!)

大声で叫びたい気分であった。

「……で？」

気を取り直して高倉を見やる。

「リテイクするに決まってるだろ」

即答である。

「それを見越して平然とこんなものをメールしてきたクリスの横っ面を一発張り飛ばしてやりたい気分だ」

考えることは同じらしい。

鉄壁のポーカーフェイスで、しかもいつも以上に平坦《へいたん》な声で言われると、なにやら脇腹がもぞもぞと引き攣《つ》りそうになるが。

今回のムック本に関して、加々美はあくまでオブザーバーにすぎないが。『アズラエル』の統括マネージャーとして、高倉はクリスに含むものがありすぎるのだろう。

「本音が透けまくりでムカつく」

どうやら、そこらへんもシンクロしているようだ。

「俺たちへの挑戦状か？」

「今のところ、おまえが唯一の窓口だからな」

なんの？

……とは、あえて問うまい。

クリスとの会談で、未成年である尚人の代理人かと問われて否定しなかったのは加々美である。

雅紀にも『お任せします』と言われているし、加々美はそれを他人に譲る気はない。たとえ、高倉に交代しろと言われてもだ。

その件に関する限り、高倉が率先して手を上げる可能性はゼロに近い。なにしろ、高倉は多忙すぎて尚人を青田買いにしたいという欲はあってもそういう個人的なことまで手が回らないというのが本音だろう。

「けっこう、しつこいよな」

「あの胡散臭い笑顔が一番の曲者《くせもの》だろう」

「搦《から》め手からぐいぐい来るところがなぁ。いかにもやり手って気がする」

「尚人君もあの押しの強さにはけっこう腰が引けてたし」

「それでも、素でブレないところがすごいよな」

「さすが『ＭＡＳＡＫＩ』の弟」

「見かけも性格も真逆だけど、根っこの部分は同じじってことかもな」

篠宮家にまつわる事情を知っている加々美たちは心情的にどうやっても雅紀に忖度《そんたく》してしまうが、クリスはビジネスライクにぐいぐい押してくる。それが透けて見える原稿だった。

「まぁ、リテイクは当然だとしても、基本、ユアンのスタンスは変わらないかもな」

なにしろ、超絶人見知りの激しい妖精王子《フェアリー・プリンス》である。ユアンのこれまでのイメージ戦略として露出の仕方には気を遣うだろうことは想像に難くない。

「それも程度ものだろう。一応、豪華ムック本の体裁は必要不可欠だからな」

そんなことは百も承知の上だろうが。

「さじ加減が難しそうだよな」

「そこらへんはクリスの領分だろ。だからこそ、やるべきことはきっちりやってもらわないと困る」

「あいつのお茶目は笑えないってことがよーくわかったしな」

『ヴァンス』との専属契約がある限り、加々美としても無関心ではいられない。むしろ、自社の更なる発展のためには積極的に関わっていくべきなのかもしれないが、とにかく、藪《やぶ》をつついて蛇を出すのだけは勘弁してもらいたいと思う加々美であった。

《＊＊＊　クリスの思惑　＊＊＊》

カナダ。

風光明媚《めいび》な景勝地で知られる州の南端にある街、エルブラン。

木々の緑に囲まれた閑静な高級住宅地の一画にある、クリストファー・ナイブスの自宅兼仕事部屋《アトリエ》。

仕事も一段落ついて、コーヒーブレイクがてらクリスは仕事用に使っているタブレットを開いてメールをチェックした。

先頃専属モデル契約をした日本のモデル・エージェンシー『アズラエル』の高倉《たかくら》からメールが届いていた。

いろいろ書いてあったが、要約すると、先日クリスがメールしたユアンの「Q&A」のリテイク要請である。

クリスがそのデータをメールした先は『アズラエル』の出版事業部の担当者であったが、苦情《クレーム》を送りつけてきたのは統括マネージャーの高倉だった。

（まぁ、予想通り？）

ほぼ同年代だと思われる高倉の冴《さ》えた顔つきを思い出して、クリスは片頬で笑う。

あれに嘘はない。ユアンの正直な気持ちである。クリス自身がユアンの言った通りに書き取ったのだから。

ユアンがきちんと考えて、思った言葉を文字にする。結果的にそれがすごく簡潔な文言になったことには違いないが、さすがにあれがそのまま掲載されるとはクリスも思ってはいなかった。

第一稿はあくまで第一稿であって、決定稿ではない。だから、クリスなりのちょっとしたお茶目である。

とりあえず、ユアンの気持ちを知ってほしかった。尚人《なおと》という存在がいかにユアンの心に響いているかということを。

もちろん、どうにかして尚人を取り込めないかというクリスの下心もこっそりと添えて……だが。

（たぶん、バレバレだろうけど）

返信……いや、苦情メールであえてそれを指摘しないのは黙認ではなくスルーだろう。

すんなりとはこちらの思惑に乗ってくれない。なかなかに手強《てごわ》い相手である。さすが、最大手の組織を取り仕切るやり手のビジネスマンだった。

だからこそ、解せない。

いや……納得できない。

むしろ、不可解ですらある。

（本当に、惜しいよなぁ）

ユアンと並んで遜色《そんしょく》のない尚人の個性があのまま埋もれてしまうなんて。クリエーターとしてのクリスの感性が『もったいない』を連呼する。

彼らが言うところの、実家のスキャンダラスな家庭事情から発生したもろもろの事件は元凶である父親が死亡したことで収束したようだが、それにしたって、クリスの目から見ればずいぶんな過保護ぶりである。

（確かに、庇護欲《ひごよく》はそそられるんだけど）

ユアンとはまったく別の意味で。

しかも。見た目と中身のギャップのインパクトがありすぎて、目からぽろぽろとウロコが落ちまくりであった。

この世の中、悲惨な家庭環境というのはそんなに珍しいことではない。

理不尽な差別はあってはならないが、どんな社会でも歴然とした格差は存在する。

理想と現実は違う。

真理はたったひとつかもしれないが、そこに至るまでの考え方は千差万別である。

不変の正義などない。なぜなら、正義はものの価値観によって変わるからだ。忌憚《きたん》なく言えば。人の命は等価ではないし、貧富の差は絶対になくならないし、努力と根性だけで夢が叶《かな》うわけでもない。

足掻《あが》いて。

藻掻《もが》いて。

憤り。

人生がままならないことに失望して、そこそこで諦める。あるいは、何かのきっかけで大逆転がある。それを人は『勝ち組』『負け組』と呼んで格付けするのだ。わかりやすい人生の指針として。

すべての人間が平等であるのは、人はいつか死ぬという避けられない現実だけである。その天命すらもが金の力でねじ曲げられることは否定しないが。

幸運。

不運。

それを決めるのは周囲の評価ではなく、自分自身の決断でなければならないとクリスは思っている。

そういう意味では、両親はいないかもしれないが支え合う兄弟がいて、逆境に負けずに名門校に通えるだけの知力とプライドがあるのだから、感情論だけで大人が問答無用で囲い込んでしまうのは本末転倒なのではないか。

それがただの同情や安っぽい憐憫《れんびん》でないのはわかるが、尚人が未成年の高校生というのがネックなのだとしても、クリスにはそこらへんのところがよくわからない。

人には何かしらの才能がある。そこには明確なレベルの差があるだけで。

ＩＱが高いだけでは本当に賢いとは言えないように、才能は持っているだけでは何の役にも立たない。

けれど、埋もれた才能が開花するにはきっかけがいる。理解もいる。

才能を伸ばすにはそれを生かせる環境を整えて、それに見合う支援をすることが大事なのだ。

もっとも、潜在的な才能はあっても、その人間性が支援に足るかどうかはまた別の話であるが。

今はＳＮＳや動画配信といったネット環境が活用されて自己表現《セルフ・プロデュース》の場が広がり、やりたいことをやり言いたいことを発言する、そんな時代になったとも言える。

その一方で自身のプライバシーがだだ漏《も》れになってしまう危険性は否定できないし、下手をすればトラブルの原因になってしまうこともある。

誰もが使える便利なツールは、原則、自己責任が伴う。それをきちんと理解している者がどのくらいいるのか、定かではないが。

自己顕示欲がある程度満たされてしまうと更なる飢渇感を生んでしまうのも、ある意味、人間の性《さが》なのかもしれない。

夢は、叶った瞬間から欲望にすり替わる。

——真理である。

クリス自身、その欲に囚《とら》われている自覚がある。

あれも。

これも。

もっと、上を目指して。

その先へ…………。

願望が欲望になり、更に貪欲《どんよく》になる。

それは、ともかく。本人が内に秘めている才能を見出《みいだ》すことができるか否かは、結局は運次第なのかもしれない。

加々美《かがみ》や高倉のような出来る見本のような大人がいて、なぜ、尚人という原石を積極的に磨こうとしないのか。そこのところが、どうにもわからない。

ユアンという存在に創作意欲を刺激されまくりのクリスにとっては、そこが一番の謎であった。

端から見ているとじれったくて逆に苛《いら》つく。

なぜ？

どうして？

そんなに中途半端なのか。

それって……どうなんだ？

違うだろ。

そうじゃないだろ。

そう思うクリスが間違っているのだろうか。

ぜんぜん納得できない。

それって、やっぱり国民性の違いだったりするのだろうか。

ファッション業界では、すでにユアンの対人スキルのなさは定説と化しているが、誰も表だってはコミュ障などと強調したりはしない。超絶人見知りであっても、成果はきっちりと出しているので。

生存競争の激しいモデル業界では内々に露骨にあれこれ言われているのは知っているが、そんな負け犬の遠吠《とおぼ》えをいちいち気にするだけ無駄であると割り切っている。実力不足を言い訳にして不当に人を貶めるような連中はいつかどこかで足を掬《すく》われるのがオチだからだ。

コミュニケーションに難があるから、感情表現に乏しくて無表情に見える。他人に合わせることが苦手な超マイペース。それだって、ざっくり言えばひとつの個性にすぎない。

ユアンにはユアンにしかわからないこだわりがある。

そのひとつが色彩感覚だった。

普通、虹と言えば七色が定番だが、どうやらユアンにはそれが十色に見えるらしい。ユアンのスケッチブックは色の洪水である。

人とは見え方の違う光のプリズム。

色彩のグラデーション。

ユアンの視界は人と比べてずいぶんと華やかであるのだろう。

ユアンが醸し出すオーラの神髄《しんずい》。それを知ったとき、クリスの中で何かが弾けた。

そのインスピレーションが『ヴァンス』の基本になったのは否定できない。

アンバランスの中の不可思議な調和。

アシンメトリーな点と線。

尖《とが》った色彩が放つパッション。

感性が刺激されてアイデアがあふれ出る。だから、クリスにとってユアンはかけがえのない美神《ミューズ》なのだ。

そのユアンが、対人関係に難があるあのユアンが、自らアクションを起こして初対面の尚人に歩み寄り、あまつさえ彼が持参した昼食をつまみ食いするという現場を目の当たりにして。

唖然《嘘だろ》。

呆然《ホントに？》。

……絶　句《どういうこと？》。

あり得ない光景に、一瞬、その場で固まった。

何かもう、すごいものを見てしまった……。それしか言えないクリスであった。

クリスよりも一足早くそれを実体験してしまったカレルが言うには。

「なんかねぇ、彼と目が合った瞬間にユアンの中で何かのスイッチが入っちゃったみたい」

なんの？

どこの？

どういうふうに？

知りたいのはやまやまだが、その領分に土足で踏み込むのはやめておく。クリスもカレルも、ユアンがユアンらしくあるのが一番だった。自分たちの価値観をユアンに押しつけるつもりはないからだ。

「本当にあるんだね、そういう出会いって。運命的とか言うと、すっごく胡散臭くて陳腐に聞こえるけど、ユアンのあれを見ちゃうと、なんか僕……呆然《ぼうぜん》絶句を通り越しちゃって胸がじんわり熱くなっちゃった」

カレルの言いたいことがよくわかった。

ミシェル家の両親が離婚してユアンの親権は父親になったものの、仕事を理由に育児放棄されて、見かねたカレルの親がユアンを引き取ることになった。ミシェル家の離婚事情を知る者たちは、ユアンにとってはそれが最善だったとむしろほっと安堵《あんど》したことだろう。

カレルにとってユアンは単なる従兄弟《いとこ》というより、一緒に育ってきた二歳年下の可愛い弟である。そのカレルの父方の叔父であるクリスにとっても、ユアンはかけがえのない存在であった。

「そういう相手に出会えたのに、これっきり……なんて、すごくもったいない気がする」

まったくもって同感であった。クリスにはカレルとはまた別口の思惑も絡んでいたが。

とにかく。ユアンと尚人が並んでいると、人種の違いとか容姿の色合いがどうのという前に、なぜだか『しっくりくる』という表現がピタリと収まって、ある意味眼福だった。『アズラエル』側から提供されたモデルとは比較にならないほどに。

その彼が、雑誌インタビューの通訳として現れたときには二度ビックリだった。

いやはや、なんとも…………。いったいどういう巡り合わせだろうかと思っていたら、まさかの三度目があった。

宿泊していたホテルのスカイ・ラウンジでディナー中に尚人がモデルの『MASAKI』と連れだってやって来たのだ。

ビックリ。

ドッキリ。

思わず目が点になる。

……とは、まさにああいうことを言うのだ。おちゃらけて言っているのではない。それ以外の言葉が見つからないだけのことだった。

いったいどういう関係なのかと興味津々《しんしん》だった。

メッセージカードのやりとりで兄弟だと知って絶句した。

最後の最後でまさかそういうオチが待っているとは思いもしなかった。

偶然が二度続くと、それはもう必然である。……と、誰かが言っていた。ここまで来ると、何かがどこかで引き合ったとしか思えない。

引力？

磁力？

それとも…………運力？

クリス。

カレル。

ユアン。

どうやら、三者三様で別口のスイッチも入ってしまったようだった。

なんだかもう何もかもが予想外で、濃密すぎる一日だった。

まさか、日本に来て、こういう出会いが待っているとは予想もしなかった。それが、正しい。ここまでお膳立てが整ってしまったら、もはや、繋《つな》がった縁を逃す手はないだろう。そう思わずにはいられなかった。

ビジネスにおいて情報は重要だが、勝負勘も無視できない。それはクリエーターとしての閃《ひらめ》きとはまったくの別物だった。

『アズラエル』との専属モデル契約は『ヴァンス』としては日本における市場拡大の戦略における最優先課題だったが、終わってみれば本件よりもそれに付随するものに収穫があったなんて、クリスにしてみれば嬉しい誤算であった。

とりあえず、同年代である尚人とカレルのメル友付き合いは順調であるようだし。加々美と高倉にはいい顔をされなかった（どちらかといえば『おまえ、マジか？』みたいな胡乱《うろん》な目で見られていたような気がする）が、そこのところをさっくり無視して猛然《もうぜん》と押しまくった甲斐《かい》があったというものだ。

狙ったチャンスは逃さない。それが人生の基本だろう。

三度目の来日のとき、ムック本撮影の現場でユアンと尚人のツーショットの動画をスマホで撮ってカレルにメールをしたら、即レスが来た。

【なんかもう二人がめちゃくちゃ可愛かった。スマホを持ってる手がプルプルしちゃって、一人で悶《もだ》えちゃったよ（笑）あー、僕も生《ナマ》で見たかった。ユアンがすっごくリラックスしてるのが丸わかりだったし。ホント、癒やされるよねぇ】

………わかる。

今回はカレルが学校の都合で来られなかったので初めは少々心配だったのだが、それも杞憂《きゆう》にすぎなかった。本当に、尚人がサポートに付いてくれて助かった。

とりあえず、クリスは高倉にリテイク要請に対しての『了解』メールを送った。

(まぁ、リテイクっていっても、ユアンに過度のリップサービスを期待されても困るんだけど)

基本、ユアンはユアンなので。……などと開き直るつもりはないが。

高倉にメールを送ったついでに、メンズ・コレクションのフォルダを開いてざっとチェックする。

老舗《しにせ》と呼ばれるメーカーも最近ではメンズ部門の積極的なテコ入れを図っている。レディースほど派手ではないが、メンズも個性化という差別化を打ち出している。『ヴァンス』が本格的にメンズに進出して市場は活性化していると言っても過言ではないだろう。

そのためにも、日本での旗艦店進出は必要不可欠だった。『アズラエル』との専属モデル契約はその第一歩とも言えた。

新興メーカーだからこそ、思い切った戦略ができる。

ファッション誌『KANON』における『ヴァンス』の特集記事は思った以上の反響があった。これで日本での知名度が定着してくれれば言うことなしである。

そのために、できることは全部やる。クリスにとって『アズラエル』と契約できた最大の利点は『日本最大手』という看板《ネームバリュー》はもちろんのことだが、個人的に加々美と知り合えたことだ。

契約締結記念というイベントでさまざまなメディアに露出——積極的に顔を売って歩いたわけだが、通訳を兼ねた加々美はすべてにおいて如才なかった。

おかげで何もかもがスムーズに進行して、日本語に不自由なクリスにとってはストレス・フリーでとても楽だった。

クリスは『ヴァンス』を、加々美は『アズラエル』を代表しての雑誌なりテレビのインタビューだったり、関係各所の挨拶回りだったりしたわけだが。いかにも場慣れしているという加々美の大物感がすごかった。

さすが、メンズ・モデル界の帝王である。踏んでいる場数が違うというのがよくわかった。一斉にカメラのフラッシュが炸裂《さくれつ》しても余裕綽々《しゃくしゃく》だった。

あくまで自然体で。

笑みを絶やさず。

ときおりジョークを交え。

終始リラックスムードで。

英語と日本語を違和感なく流暢《りゅうちょう》に使い分けて場を和ませる。あるいは、嫌みにならない程度にさりげなくスルーする。臨機応変な話術とでも言えばいいのか、ただの通訳者にはできないことであった。

（こいつ、絶対に人たらしだろ）

内心、クリスは舌を巻く。

書類上で知り得たプロフィールなどは当然頭に入っているし、百聞は一見に如かず——ではあるが、実際に行動をともにしていなければ見えてこないこともある。

『アズラエル』本社ビルでの会談では、あくまで尚人の代理人としての立場が優先だったからだろう。あの場ではチラリとも見せなかった別の顔を存分に見せつけられたような気がした。

高倉とは別の意味で食えない男だと思った。

（これが、カリスマ・モデル『ＭＡＳＡＫＩ』を見出した男か）

改めて実感した。

加々美が尚人の代理人を名乗り出たことで、そこらへんの情報をネットで検索したわけだが、ありきたりのことしか出てこなかった。

加々美も『ＭＡＳＡＫＩ』も公式なプロフィールしかなかった。帝王とカリスマが今時ＳＮＳもやっていなければつぶやいてもいないことに驚かされた。

自分からそういう発信をすることが常識的になってしまっている現状にあえて逆行することでファンの飢渇感を煽《あお》っているのではないかと、つい勘ぐってしまいたくなった。

実際。関連サイト《ファンクラブ》の盛り上がり方はすごいらしい。……が、残念ながらその英語版はなかった。こういうときには、やはり、日本《アジア》が英語圏ではないことの不便さを感じてしまう。クリックひとつで引き出せる情報が少なすぎて。

しかたがないのでその手の調査会社に依頼して、ようやく詳細が摑《つか》めた。加々美と『MASAKI』との関わりを。会談の場では知り得なかったことも知ることができた。

へぇー……。

……なるほど。

そういうことか。

その過程において、実父のスキャンダルとは別に尚人自身が自転車で通学する高校生ばかりを狙った悪質な事件の被害者であることもわかった。

加々美ほどの大物が尚人を気遣うもろもろの理由も、それなりに納得がいった。

加々美にとって尚人は、あくまで『MASAKI』との絆《きずな》の延長線上にあるのだろう。普通は所属事務所が違えば相手を蹴落《けお》としてでも仕事を取るのが常識の熾烈《しれつ》なライバル関係になってしまうものだが、二人の関係性は業界では暗黙の了解になっているらしい。

単なるビジネスではなく、揺るぎない信頼に裏打ちされた――絆。

(帝王とカリスマがタッグを組んだら、そりゃあ最強だよな)

ただの言葉の綾《あや》ではなく、ある意味、尚人は本当に箱庭の雛《ひな》であるのだろう。大切に守られているが、決して世間知らずの甘ったれた少年などではなく、それどころかリアルに理不尽な現実を嫌というほど経験してなお折れない心の強さを秘めている。

本当に、ユアンとは対極にある逸材《いつざい》であるのだと思うと。

（……いいね）

クリスの笑みは深くなる。

最強タッグの牙城に一撃を入れる。……なんて烏滸《おこ》がましいかもしれないが、それを思うだけでなんだかワクワクしてしまう。

遊びじゃない。

ただの気まぐれでもない。

だったら、チャレンジする意味はあるだろう。本気で欲しいと思ったら、遠慮なんかしていられない。

それこそ、取り込み甲斐があるというものだ。

箱庭であろうがなかろうが、雛はいずれ巣立つものだ。それが正しい自立心というものだろう。

『ＭＡＳＡＫＩ』には実兄としての、加々美には後見人としての、それぞれの思惑はあるだろうが、そこにクリスという新たな選択肢が加わっても別に構わないだろう。

選択肢は少ないよりも多いほうがいい。

選ぶのは尚人自身だ。

クリスが思うに。尚人がどういう決断を下しても、周囲は彼の自立心を尊重してそのための地固めに尽力するのではないだろうか。クリスはたった三度しか尚人に会っていないが、尚人はそういう魅力を持っているはずだと確信する。

でなければ、あのユアンが出会ってすぐにあんなふうに懐くはずがない。たとえユアンのためとはいえ、容姿・家柄・才能の三拍子そろった優良株であり、さりげなく人を選別することに長《た》けているカレルが自らメル友に志願するはずがない。人を見る目には多少の自信があるクリスが、異国の高校生にすぎない相手にあれこれ気をもむはずがない。

改めて考えてみると、なんだかもう苦笑してしまいたくなるほどの執着心であった。

クリスはいまだモデルとしての『MASAKI』しか知らないが、加々美を見ていれば『篠《しの》宮《みや》雅紀』という人物の弟に対する情愛の深さを窺《うかが》い知ることができた。

(んー……。ここはやっぱり正攻法で行くべき?)

クリスはメンズ・コレクションで華麗なウォーキングを披露する『MASAKI』しか知らない。

『MASAKI』ではないプライベートな雅紀を見たのはホテルのスカイ・ラウンジが初めてである。

ユアンが興味と関心を持っていなければ『MASAKI』という存在すら眼中になかっただろう。日本ではカリスマ・モデルかもしれないが、ワールド・ワイドで見れば知名度はないに等しかった。

だが、加々美と知己となることで『篠宮雅紀』という人物に俄然《がぜん》興味が湧《わ》いた。同じ庇護者を持つ者としてのシンパシーというよりは、磨けば光る原石を持ち腐れにさせないためには避けては通れない関門だからだ。

あの日。

夜のスカイ・ラウンジで。

弟と食事を楽しむ彼の雰囲気は柔らかだった。唇に微笑を浮かべている様はとてもリラックスしているようで。それもこれも、完全なプライベートだったからだろう。

それが、メッセージカードを送ったとたん、醸し出すモノが硬化した。

クリスたちを凝視する眼光は半端なかった。

あの瞬間、雅紀は『ＭＡＳＡＫＩ』になった。

ユアンは今にも突撃してしまいそうで、カレルはそんなユアンをなだめるのに必死だったから気がつかなかったかもしれないが、なんだか、弟とのプライベート・タイムを邪魔されたことで敵認定されてしまったような気がしてクリスは内心少々焦った。

アイス・ノーブルという鉄壁のプロテクターの威力はすごかった。ただのブラコンというより、あれは守護者の眼差《まなざ》しだったのだろう。

今ならば、その意味がわかる。

だから、加々美の背後で事の成り行きを凝視しているだろう箱庭の守護者である雅紀を目の前に引きずり出してみたくなった。

対等な目線でしっかりと見定めるために。

……なんて言うと傲慢《ごうまん》丸出しなのかもしれないが、手持ちの情報だけでは物足りなくなったというのが本音だった。

『MASAKI』を知るきっかけはユアンだった。

だから、聞いてみた。

「ねぇ、ユアン。ユアンは『MASAKI』のどこが好きなのかな?」

すると、ユアンは。

「ウォーキングが綺麗《きれい》。なめらか。ブレない。見ていて、飽きない。すごく好き。いっしょに並んで歩いてみたい」

いつもは返す言葉ひとつにもよく考えて、言葉を選ぶための間があるのに、最初から饒舌《じょうぜつ》だった。

モデル業界には、美男美女はそれこそ掃いて捨てるほどいるが。『MASAKI』はその中でも群を抜いていた。本当に東洋系と言われてもすぐには信じがたいほどだった。どんなこだわりがあるのかは知らないが、はっきり言ってモデル名と容姿がミスマッチだった。

その美形すぎる容姿ではなく、歩く姿が好きだと言い切るユアンの審美眼の本質を見たような気がして、クリスは思わず笑みがこぼれた。

そして。ユアンが食い入るように何度も見ていたロックバンドのPV映像を改めてじっくり見てみた。同様に『MASAKI』がメインを張るメンズ雑誌のあれこれを見ているうちに、モデルとしての素材に興味を惹《ひ》かれるようになった。

着る衣装によって醸し出すモノが変わる。ごく自然に衣装を引き立てるモデルの本分を見たような気がした。本当に今更だったが。

日本における『ヴァンス』の旗艦店におけるインパクトのある目玉がほしい。クリスは常々そう思っていた。

――で、ふと閃いた。

「『アズラエル』との契約に引っかからなければ、もしかしていけるか？」

クリスはぼそりともらした。

尚人を取り込みたいがためのオマケなのではなく。『MASAKI』が噂《うわさ》通りのプロフェッショナルな仕事人ならば、クリス絡みの案件であっても門前払いにはならないのではなかろうか。

（いやぁ、なんか、俄然楽しくなってきたな）

ふつふつと込み上げるものを抑えきれずに、クリスは口元を綻《ほころ》ばせた。

《＊＊＊　腹の探り合い　＊＊＊》

加々美《かがみ》がマンションの自室でクリスからの国際電話を受けたのは、午後十時を過ぎた頃だった。

風呂上がりに、愛飲しているシリカ含有率が高いミネラル・ウオーターを飲んでいるときにスマホが鳴ったのだ。

驚いた。クリスが『アズラエル』本社にではなく、加々美個人のスマホにかけてきたことに。

通常の業務連絡は基本『アズラエル』と『ヴァンス』双方の会社絡みということもあり、クリスと高倉《たかくら》の間でやっていた。

例の「Q&A」に関しても出版部をすっ飛ばして結局は二人が直接やりとりをして、先日ようやくその決定稿が入稿された。

その決定稿がどんな感じで落ち着いたのか、加々美は知らない。

確認するか？——と、高倉に問われて。

本版を楽しみにしている。——そう答えた。

いちいち決定稿の確認まで付き合わされてはたまったものではない。というのが、加々美の本音であった。

……だよな。——高倉が唇の端でうっすら笑ったのが妙にムカついた。

前回の来日のときには加々美がクリスの世話係ということもあって、日本滞在中は連絡を密にする必要もあり、とりあえず互いの電話番号とメルアドの交換はしたが、クリスがカナダに帰ってからはそれも通常モードにもどり、私的な電話がかかってくるようなことはなかった。

もちろん、加々美から連絡を取るようなこともなかった。

なのに、である。

「〈はい。加々美です〉」

相手がクリスだとわかっているので、英語で応える。

『〈久しぶり。元気?〉』

「〈おかげさまで〉」

『〈何?　テンションが低いね〉』

それはおまえのせいだ。……と、内心で愚痴《ぐち》る。

(絶対に仕事絡みじゃないだろ)

かといって、プライベートでクリスとこんなふうに国際電話で話をするほど親密な関係ではない。

だったらもう、嫌な予感しかしない。

『〔もしかして、警戒してる？〕』

なんだか片頬で笑っているのが透けて見えて、思わず舌打ちをしそうになった。

「〔それで？　なんの用だ？〕」

つい、口調もぞんざいになる。

前回、専属モデル締結記念として二人でメディア関連に顔を売って歩いたときに口調はすっかり砕けたものになってしまったわけだが、それでもまだ、相手は大事な商談関係者ということでざっくばらんに……とまではいかなかった。

『〔ちょっと、折り入って相談したいことがあって〕』

「〔高倉にではなく、俺に？〕」

『〔そう、君に〕』

それってもしかして、尚人《なおと》君絡み？

そんなふうに勘ぐってしまいたくなるのは、クリスが加々美に相談を持ちかけてくる理由がそれしか思い浮かばなかったからだ。

（聞きたくねー）

速攻で拒否したい加々美であった。

それでも。クリスの尚人に対する執着心を嫌というほど実感していたので、どうせここで拒否しても同じことの繰り返しだろうと思った。

「〈何を？〉」

『〈実は、例のムック本のほかにもうひとつインパクトのある目玉がほしいんだよね〉』

「〈おまえもたいがいしつこいな。尚人君の件なら、きっぱり本人に断られただろ〉」

しっかり。

きっぱり。

けんもほろろにバッサリと。

見ている分には小気味よかったが、それが我が身に降りかかってくるとなれば話は別だ。

『〈それとは別口〉』

「〈別口？〉」

なんだか思いっきり肩透かしを食らわされた気分になった。

尚人《そっち》じゃない？

なら……どっち？

クリスが言うところのインパクトのある目玉とは？

（見当も付かないんだけど）

あれこれ考えても、話の筋が見えてこない。

『〈できれば、だけど。『ＭＡＳＡＫＩ』に仕事の依頼をできないかと思って〉』

「はぁあ？　雅紀《まさき》？　なんで？」

クリスの斜め上発言に脳みそをシェイクされたような気がして、つい、日本語が出た。

「〈おい。おまえ、ボケてんのか？〉」

声が尖る。

尚人に振られたから、雅紀？

なんだ、それ。

言ってることに節操がなさすぎて、苛つく。

どうにも脈絡がなさすぎて、ムカつく。

人をバカにしてんじゃねーよ！　その言葉で横っ面を張り飛ばしてやりたくなった。

『〈別に『ＭＡＳＡＫＩ』を当て馬に使いたいとか、そういう話じゃないから〉』

本気でそんなことを思っているのなら、ぶっ飛ばす。

遠慮なく。

……容赦なく。

………もろもろ斟酌《しんしゃく》することもなく。

「〈なら、どういうつもりなんだ？〉」

加々美のトーンは低空飛行のままだ。それを隠すつもりもなかった。

『〈今、うちの主要旗艦店が世界で十店舗あるんだけど。そこでは営業用のＣＭじゃなくて特別なプロモーション・ビデオを流してる。主役を張っているのは専属モデルじゃない。世界の誰もが知っているわけじゃないけど、その地域ではみんなが知っている……言ってみれば御当地タレントっていうのがコンセプトなんだ。ミュージシャンだったりアスリートだったりアクターだったり、いろいろ。来年にオープンする日本店でもそれをやりたいと思ってる。ちょっとしたサプライズ的に。今回はメンズに特化しているから、ユアンや君のところの『ショウ』よりもワンランク上の大人って感じでやりたいんだ〉』

「〈だから、それを雅紀にやってもらいたいってか？〉」

『〈そういうこと。彼なら、誰もが憧れる極上な大人役にぴったりだろ？〉』

言いたいことはわかった。

それでも、すんなり納得できたわけではない。

あれだけ露骨に尚人を取り込みたがっていたクリスが、まるで掌返《てのひらがえ》しのように雅紀を指名する。クリスがいくら口で否定したとしても、どうやっても裏があるように思えてならないのは加々美の穿《うが》った見方ではないだろう。

将を射んと欲すればまず馬を射よ。

——ではないのか？　カリスマ・モデルの雅紀を馬に見立てるあたり、加々美としては本当に業腹でならないが。

「〈今の今まで雅紀にはまったく興味も関心もなかったのに？〉」

当てつけがましく嫌みのひとつやふたつ、口をついて出るのも当然だろう。

『〈そりゃあ、今まではうちのターゲット層からは外れていたからだよ。でも、ユアンが彼の映像をコレクションしていて、それはもう舐《な》めるように見ているわけ。ユアンにとって、ある意味、彼はモデルとしての理想型なんだと思う。ランウェイを一緒に歩きたいと思うくらいに。それで改めてじっくり彼を見ていたら、日本の旗艦店のプロモーションにぴったりじゃないかと思って〉』

まるで、あらかじめ用意されていた出来のいい台本を耳元で聞かされているような気分になった。

「〈だったら、どうして俺に話を振るんだ？　俺は『アズラエル』の関係者だぞ。雅紀に仕事を依頼したいならまずは所属事務所に話を持って行くべきだろう〉」

それが正論である。そこをすっ飛ばして加々美に話を持ってくる時点でルール違反ではないのか。

『〈だって、まともに話を振っても速攻でお断りをされそうじゃないか。ナオト君絡みで嫌われてる……相当に警戒されてるよね、僕〉』

どうやら、その自覚はあるらしい。

「〈まぁ、そうだろうな〉」

『〈否定しないんだ？〉』

たぶん、きっと、間違いなく、天敵モード発動中だろう。

尚人には平穏な学生生活を送らせたいというのが雅紀の最優先事項である。

雅紀の中で、クリスは外圧という名の黒船である。加々美だって、クリスのようなビジネスライクの大人を好んで尚人に近づけたいとは思わない。

「〈自覚大ありなんだろ?〉」

『〈まぁ、ね。だから、カガミ、こうやって事前に君に相談してるわけ。彼のことなら、君が一番詳しいんだろ?〉』

加々美と雅紀の関係など、とっくに把握済みの台詞《せりふ》だった。

はっきり言って、正攻法のゴリ押しよりもこういう根回しのできる奴《やつ》が一番やりにくい。そういうところが高倉に激似だと言えなくもない。

「〈相手がどこの誰であれ、雅紀は仕事の話だったら仕事として割り切れる奴だから、一応は聞く耳を持っていると思う。だけど、今の状況でそんな話を持って行けばおまえが言うように警戒心MAXだと思うぞ。それでも雅紀を使いたいって言うんなら、チャレンジしてみればいいさ。俺に言えるのはそれくらいだ〉」

素っ気なく加々美は言った。塩対応にならなかっただけましである。

『〈厚かましさついでに、もうひとついいかな?〉』

「〈なんだ?〉」

『〔正式に交渉する前に顔を繋いでおきたいので、カガミ同伴で構わないから一席設けてくれないかな〕』

（ホント、厚かましすぎだろ）

神経がワイヤ・ロープでできているのではなかろうか。

呆れたのを通り越してさすがの加々美もドン引きである。

使えるコネは使い切るのがクリスの信条なのかもしれない。それだけ物事に貪欲でなければ、浮き沈みの激しいアパレル業界を泳ぎ切ることはできないのかもしれない。

加々美は『アズラエル』という組織の中の歯車にすぎないが、クリスは『ヴァンス』を運営するオーナー。そこの違いなのかもしれない。

「〔伝えるだけなら伝えてやってもいい。返事は期待できそうにないかもしれないけどな〕」

『〔ありがとう。よろしく頼む〕』

そう締めくくって、クリスからの電話は切れた。

加々美はペットボトルのミネラル・ウオーターを一気に飲み干すと、今更のように大きく息を吐いた。

《＊＊＊　思いがけない電話　＊＊＊》

その夜。

いつものように。

夕食を終えて自室に戻った尚人《なおと》はパソコンを立ち上げてメールのチェックをした。

今年の元旦、尚人が臨時通訳として『アズラエル』に出向き、そこで偶然『ヴァンス』の関係者であるカレルと知り合いメールのやりとりをするようになって、いつの間にかそれが習慣になってしまった。穏やかな言動で年上だと思っていたカレルが同じ歳《とし》だと知って驚いたが、そのこともあって打ち解けるのは早かった。

スカイプで互いの顔を見ながらリアルにチャットするのも楽しそうだが、今の尚人にはこれくらいの距離感がちょうどいい。

「あ……メールが来てる」

思わず笑みがこぼれた。

さっそく開いてみると、動画も添付されてあった。

【はーい、ナオ。元気？　このあいだ、学校でグループ・セッションの自由課題があって、何をやろうかという話になったんだけど。ナオが送ってくれた『GO－SYO』の写真集を見せたら、みんなインスピレーションをバリバリ刺激されちゃって、こういうのができちゃいました。一応、テーマは『森』『月』『花』です。ぜひ感想を聞かせてね？　それじゃあ、また！】

動画はどこかの部屋で撮影されたものだった。それがカレルが通う音楽学校の一室なのか、それとも何かのスタジオなのかは見当も付かなかったが。

ヴァイオリン、フルート、クラリネット、チェロの八人編成だった。三人いるヴァイオリンの中の一人がカレルだった。音楽学校のクラス編成がどうなっているのかは知らないが、たぶん、みんなカレルと同年代なのだろう。

（なんか、俺と同じ歳とは思えないくらい、みんな大人びてるよな）

やはり、人種の違いだろうか。出会ったとき、カレルが尚人のことを年下の中学生くらいだと思っていたというのも、なんとなく実感できた。

簡単なチューニングが終わって、それから絶妙なアイコンタクトで始まった演奏に、ヘッドフォンをつけた尚人はじっと画面を見つめた。

始まりは風がそよぐようなヴァイオリンの音色だった。苔《こけ》むした森《チエロ》の中、風《ヴァイオリン》が木々の葉《クラリネット》を揺らす。葉ずれの隙間《すきま》からキラキラとこぼれ落ちる陽光《フルート》の燦《きら》めき。林床を吹き抜けた風はときに跳ね、くるくると小さな渦を巻き、やがて舞い上がって天空に消えた。

……ように見えた。あくまで、尚人のイメージにすぎないが。

カレルが伊崎《いざき》の写真集にインスパイアされたと言ったので、よけいに感化されたのかもしれない。

(あー……これは『閑《しず》かの森』だ)

尚人は写真集の中で一番好きな森の風景を思い浮かべた。

そして、次の楽譜が捲《めく》られて、厳かなチェロの音色が夜の訪れを告げる。掻《か》き鳴らされるヴァイオリンは叢雲《むらくも》が風に流されていく様を表現しているのだろうか。クラリネットとフルートの掛け合いは稜線《りょうせん》から月がゆっくりと現れ、満月がひときわ美しく輝いているような場面を連想させた。

(たぶん……『月夜見《つくよみ》の里』だよね)

夜空に青白く輝く満月が湖面に映り込んだ幻想的な一枚だと、数ある月写真の中から尚人は勝手にチョイスする。

最後は『花』。これはもう、まるで満開の花が咲き競うかのように、とにかく華やかな演奏だった。

(こういう派手派手しいのって……あったかな?)

まるで、花畑の周りで蝶《ちょう》や小鳥……もしくは妖精たちが楽しげに飛び回っている感じだろうか。

とにかく、すごくイマジネーションを掻き立てられる演奏動画だった。

なんだか、胸のドキドキが止まらない。

もう一度、初めから再生する。

今度は目を閉じて聴いてみた。

そうすると、よけいに想像力が膨《ふく》らんで、元になったであろう写真にインスパイアされた3D映像もどきになって脳内で流れた。

（はぁぁ………）

うっとり、聴き惚《ほ》れて。

半ば無意識にため息がもれた。

すごい。

ヤバい………。

（病みつきになりそう）

その興奮も覚めやらぬままに、尚人はメールを返信した。

【こんばんは。今、こちらは二十一時三十五分です。動画メール、ありがとう。うっとり聴き惚れちゃいました。写真集からのインスピレーションであんな素晴らしい曲ができちゃうなんて、ビックリ。ホント、すごい。目をつぶって聴いていると情景が映像になって浮かんできたりして。楽器のパートごとに譜面を起こすのって大変だったんじゃない？　とにかく、すっご

く感動しました!!!】

前に見たダンサーとの路上パフォーマンスもエネルギッシュですごかったが、今回のは余韻《よいん》がすごい。

（これはもう、ぜひとも伊崎さんにも見てもらわなきゃ）

鼻息も荒くメールを打つ。

【夜分遅く、すみません。尚人です。お仕事中だったら、ごめんなさい。以前お話ししたカナダの友人が、伊崎さんの写真集にインスパイアされた友人たちと曲を作りました。その映像が送られてきたので伊崎さんにもぜひ聴いていただきたくて、いきなりメールをしてしまいました。僕の勝手な想像ですが『閑かの森』『月夜見の里』『山桜（?）』かなと思っています。ものすごくイマジネーションを掻き立てられました。よろしくお願いします】

そのままの勢いで動画を送信した。

（はぁ…………）

なんだか、まだドキドキして。知らず、ため息がもれた。

三十分後。

携帯電話が鳴った。

（まーちゃん?）

思わず笑みがこぼれた。

いつもの『おやすみコール』かと思ったら、着信表示はまさかの『伊崎』だった。

「ふ……ぉ………」

つい。変なふうに喉が鳴った。

(……心の準備が……)

内心、うろたえながら。

「……もし、もし?」

おっかなびっくりで呼びかける。

『おぅ。俺だけど』

久しぶりに聞く伊崎の生声は相変わらず下腹にズンと響く低音《バリトン》ボイスだった。携帯電話越しだとよけいに反響する。一度聞いたら絶対に忘れないだろうなと思う硬質さだった。

それ以前に、ナチュラルに俺様感がすごい。いつでも、どこでも、誰にでも、それが伊崎の通常運転だったりするのかもしれない。

「こんばんは、伊崎さん。ご無沙汰《ぶさた》してます」

まずはきっちりと挨拶をする。伊崎が相手だと思うと、脊髄《せきずい》反射のごとくピンと背筋が伸びた。

『今、いいか?』

「はい。大丈夫です」

まさか、返信メールではなくいきなり電話がかかってくるとは思わなかった。

『メール、見たぞ。ありがとな』

「いえ、あの、いきなり送りつけてすみません。どうしても伊崎さんに見て……聴いていただきたくて」

改めて、言い訳をする。

(……で、どうだったんだろ?)

感想が聞きたくて、つい鼓動が逸《はや》る。

『おまえのメル友のカナダ人って、どれ?』

「え……と、向かって左から二番目のヴァイオリンを弾いてる彼が、そうです」

『……ふーん』

(あれ?)

それだけ?

(もしかして、伊崎さんが気になるのは、そこ?)

もしかして、曲はあんまりお気に召さなかったということだろうか。

『どこで引っかけたんだ?』

(や……引っかけたとか、そういうことではなくてですね)

何を、どう言うべきか迷って。

「彼、このあいだ『アズラエル』と専属モデル契約をした『ヴァンス』の関係者なんです」

伊崎相手に上手《うま》く嘘《うそ》がつける気がしなくて、ぼそぼそと口にする。

『は？　そっちかよ？』

え？

そっち……って？

――どっち？

『おまえみたいにものすごくテリトリーが狭そうな奴《やつ》がいきなり外国人のメル友ができたって言うから、俺はてっきりカップルガイド絡みかと思ってたんだけど』

（…………はい？）

思わず、声が裏返りそうになった。

「あの、伊崎さん。なんで、そんなこと知ってるんですか？」

『あんだけネットで話題になってたんだから、今更なんでもクソもねーだろうが』

それは……そうだが。

だからといって『カップルガイド』がどうして尚人と結びつくのだろう。

あの件では。さすがに騒ぎが大きくなりすぎて、結局、校長が公式ＨＰで釈明する羽目になったが。尚人と鳴瀬《なるせ》の名前はどこにも出ていない。

内々ではすでにバレまくりだが、学校以外にはもれてはいないはずだ。ありがたいことに、そこらへんの翔南《しょうなん》高校の生徒の結束力は固い。

『こないだ、おまえ、メールで英検一級持ってるって言っただろ。修学旅行中の翔南の生徒で、ネイティブばりの英語力で外国人観光客をタラしてぞろぞろ引き連れて歩く男子つったら、おまえしかいねーだろ』

そんなにくっきり、はっきり、自信満々に断言されても……。むしろ、そんな三段論法的に決めつける伊崎の思考回路が偏っているとしか思えない。

第一、尚人は観光客をタラしてなどいない。まぁ、ぞろぞろ……だったのは事実だが。あれは単なる不可抗力である。

むしろ。あれは歴女である鳴瀬がいたからできたわけで、要するに、ただの成り行きである。尚人も鳴瀬も、まさか、あんな大事になるとは夢にも思わなかった。

まぁ、なんだかんだ言っても、あれがひとつのきっかけになったことは尚人としても否定できないが。

『……で?』

「はい?」

つい、間の抜けた声が出た。

『なんでおまえが、加々美《かがみ》のとこの話に一枚噛《か》んでるわけ?』

「えーと、それは、その……話せば長くなるんですけど」

『手短にサクッとな』

結局のところ。『オフレコでお願いします』の一文を入れて、尚人は『ヴァンス』との関わりを掻い摘まんで話す羽目になった。なにしろ、携帯越しに漂ってくる伊崎の圧がすごくて。尚人に拒否権はなかった。

話の途中、相槌《あいづち》を打つでも茶々を入れるわけでもなく、ただ黙って聞いていた伊崎は、話のエンドマークが付くと。

『…ったく。加々美も加々美だけど、おまえもいいように扱《こ》き使われてるんじゃねーよ』

半ば呆《あき》れたようにむすりと言った。加々美相手にそんなことを言えるのは、伊崎くらいなものだろう。

「いや、でも、いろいろ初めての体験ですごく勉強になりました」

そこだけはきっちりと口にする。それが尚人の本音だからだ。

『どこらへんが、だ?』

「モデル業界ってどこもかしこも華やかそうに見えて、実は、写真一枚撮るにも現場のスタッフさんの頑張りに支えられているんだなぁ……と思って。あ……プロ・カメラマンの伊崎さんにこんなことを言ったら笑われてしまいそうですけど」

『フィールドが違っても、ベストショット一枚のためにかける労力は同じだからな。まぁ、こっちは自然相手だからそれなりの根性と忍耐は必須だが、ほかにドロドロした人間関係が絡ま

ない だけまし』

伊崎が言うと含蓄がありすぎて、返す言葉もない尚人であった。

§§§§　　§§§§§　　§§§§§　　§§§§§

その夜。

スポンサー主催の立食パーティーが終わってホテルの部屋に戻ってきた雅紀《まさき》は、とりあえず上着のポケットからスマホを取り出して時間を確認した。

午後十時十五分。

たぶん、この時間帯なら尚人は自室で勉強中だろう。

上着を脱いでハンガーに掛け、ソファーにもたれて尚人の携帯にコールした。パーティーだからそれなりのアルコールは入っているが、酔っているほどではない。

いや。むしろ、酔い覚ましに尚人の声が聞きたい。仕事終わりに、あのまろやかな声で癒《い》やされたい。

だが、繋《つな》がらなかった。どうやら、誰かと電話中らしい。

ふと、雅紀の眉根が寄った。

雅紀が出張中は『おやすみコール』が定番なので、いつもはだいたい三コール以内ですぐに繋がる。まるで、雅紀からの電話を待ち構えているように。

まだかな。

……まだかな。

…………まだかな。

そうやって、雅紀からの電話をドキドキしながら待っている尚人がまぶたに浮かぶ。

それがただの妄想ではないのは。

——まーちゃんから『おやすみコール』がかかってくるまで、いつもドキドキしながら待ってる。……で、まーちゃんの声を聞くと逆にほっとする。まーちゃんが家にいなくても『おやすみコール』を聞くと、一日の終わりにすごく幸せな気持ちになれる。

尚人がそんなふうに言ったからだ。

(もう、可愛《かわい》すぎだろ)

口元がだらしなくにやけてしまう。

仕事終わりに尚人の声を聞いて満たされたいのは自分だけの特権だが。その気持ちが一方通行でないことを実感できる。それが、何よりも嬉《うれ》しい。

なのに、今夜は誰かと電話中。

（こんな時間に？）

いったい、誰と？

なんの用で？

それは、雅紀からの『おやすみコール』よりも優先させなければならないのか？

しょうがないので、いったん切る。

五分待って、再度コールする。

まだ話し中だった。

小さく舌打ちをして、切る。

この時間帯だったら雅紀からの電話が入るのはわかっているはずなのに……。

なのに、どうして？

それを思うと、ちょっとだけ苛《いら》ついた。

またすぐにかけるのも、なんだかしゃくに障って。雅紀はムカムカしながらバスルームに直行した。

§§§§§　　§§§§§　　§§§§§　　§§§§§

尚人はどうしても伊崎に聞いておきたいことがあった。

「あの、伊崎さん。カレルたちの創作曲はどうでした？」

『なかなか面白かった。ああいうのは俺も初めてだからな。写真とのイメージ・コラボっていう発想が新鮮だった』

トーンはいつもと変わらなかったが、どちらかと言えば辛辣《しんらつ》なことしか言わない伊崎の褒《ほ》め言葉に尚人はほっとした。

「ありがとうございます」

すると、耳元で伊崎がくすりと笑う声がした。低めのバリトン・ボイスが予想外に甘く響いて、思わずドキリとした。

『何？　おまえ、そのカレルって奴に感化されちまったわけ？』

「そうかも、です。なんか、すっごくイマジネーションを刺激されてしまったので。伊崎さんが撮った写真は静止した時間を切り取ったようなすごみがあって心を揺さぶられるような気がするけど、カレルたちの曲は一枚の写真から連想させられるものが頭の中で踊ってるような感じがして……。それって、きっと、聴いてる人のそれぞれの感性なんだろうなって思うとよけいに刺激的で」

『おまえの知らない扉を開いちまった感じ？』

伊崎に茶化されて、つい、尚人の唇も綻《ほころ》んだ。

「今まで、自分の身の回りのことだけで精一杯だったんですけど。いろいろあって、ちょっとだけ視野が広がったのかなって。なんか、毎日が楽しいです」

『そうか』

「はい」

『こないだも言ったけど、まぁ、自分のペースで頑張れ』

「ありがとうございます。じゃあ、おやすみなさい」

尚人はそう言って通話をＯＦＦにした。

§§§§§　§§§§§　§§§§§　§§§§§

尚人との電話を終えて、伊崎はひとつ息をついた。

（まったく、加々美も高校生相手に何をやってんだかな）

話を聞いた限りでは、それだけ切羽詰まっていたのだろうが。

（だいたい、元旦から仕事なんてありえねーだろ。『アズラエル』はブラックかよ）

伊崎だって年末年始はきっちり休む。そうしないと、ＯＮ《仕事》とＯＦＦ《プライベート》のけじめが付かないからだ。

仕事中毒《ワーカーホリック》なのは高倉《たかくら》の領分かと思っていたが、加々美も大差ないのかもしれない。

それにしたって、なんの経験もないド素人を臨時通訳に抜擢《ばってき》するなんて、一か八かのギャンブルであることに変わりはない。それを難なくこなしてしまう尚人も尚人だが。

しかも、言動がナチュラルに斜め上を行っている。あれはきっと、自分の本当の価値をわかっていないに違いない。

（誰基準だ？）

もちろん、実兄の雅紀《カリスマ・モデル》だろう。

普通はあれを基準にしたらプレッシャーとストレスで頭がハゲるどころか心が折れて潰《つぶ》れてしまうだけだと思うが、たぶん、尚人の中では雅紀の存在は越えるべきハードルではなく純然たる憧憬《しょうけい》なのだろう。

（どんだけ……だっていう話だよな）

ふと気がつけば、ずいぶん長くしゃべっていたことになる。

まさか、自分が、高校生相手に長電話をする羽目になるとは…………。地味に驚いた。

い、い、尚人からメールをもらったのは二度目だった。

いつもは伊崎が気まぐれぎみにメールを送り、尚人から律儀に返信が来る。そのパターンだった。

前回、初めて、返信メールではないメールをもらった。それも、いつもの生真面目すぎるそれとは違って、やけにハイテンションな内容だった。まるで、嬉しさのお裾分《すそわ》けです……みたいな。その内容は伊崎の予想外もいいところだったが。

そのとき、初めて、カナダ人とメル友になったことを知った。そりゃあ、今時の高校生なのだからメル友ぐらいはいるだろうが、それにしたって……。

(外国人かよ)

本音で驚いた。

普段はめちゃくちゃ行動範囲が狭そうな――家と学校の往復だけで一日が潰れるんじゃないかってくらいの籠《かご》の鳥生活をしていて、いったい、どこで、そんな接点があったのだろうかと。

その流れで、尚人が英検一級保持者であったことを知って二度ビックリした。

実兄の雅紀がネイティブ並みの英会話能力があることは業界ではよく知られている。あの外見だから英語はしゃべれて当然だと思われていたが、プロフィールだけでは語られない実情はけっこう悲惨だった。

なにしろ、あの極悪非道な実父が『雅紀が先祖返りで産まれたことが家庭崩壊の始まりだった』みたいなことを暴露本で臆面もなく語っていたらしい。

伊崎はその暴露本を読んだわけではないが、マスコミがこぞって取り上げていたので自然と耳に入ってきた。

その実父を『視界に入れる価値もないゴミ』呼ばわりをする雅紀の神経も並みではなかったが。

そういう意味では。『あの兄にして、この弟あり』という気がしないでもない。

（あいつら、兄弟そろってスペック高すぎだろ）

驚いた。

呆れた。

恐れ入った。

資格を持っていても実践できなければ宝の持ち腐れだと実感した。尚人からのメールにはそう書いてあった。

伊崎がその言葉を思い出したのは、ネットやテレビで『カップルガイド』なるものが話題になっていたときだ。あれやこれやで世間は好き勝手に盛り上がっていたが、誰かが『カップルガイドの本命は修学旅行中の超進学校で有名なS校の生徒』とつぶやいたとたん、爆炎した。

ネット上では『あれ』とか『あの』とかでぼやかされていたが、世間では『S校＝翔南高校』であると認識され、その後、翔南高校の校長が公式に声明を出す騒ぎになった。

翔南高校。

修学旅行中の二年生。

英語が堪能《たんのう》。

そのキーワードで。

（それって、もしかして……尚人か？）

そう結論づけるには充分だった。

で、あれば。校長が自校の優秀性をＰＲもせずにケツをまくった……いや、なんとか穏便に収束を図った理由がよくわかる。

尚人の背後にはマスコミ潰しの異名を持つ実兄《『ＭＡＳＡＫＩ』》がいるからだ。

そりゃあ、学校側としては尚人の名前は極力出したくはないだろう。どこに、どんな飛び火をするかもわからないのだから。

たぶん、尚人も想定外の露出など望んではいないだろうし。そんな功名心があったら『カップルガイド』の噂《うわさ》が出た時点でとっくに名乗り出ていただろう。

なるほど。

――納得した。

だから、伊崎は、そのときの外国人観光客の一人とメル友になったのだとばかり思っていたのだが、まさか、苦肉の策で加々美が仕掛けた大博打《おおばくち》……『ヴァンス』絡みだとは思ってもみなかった。

（どういう引きのよさだよ）

内心、舌を巻く。

(何か持ってる……どころじゃねーだろ)

正直、呆れ果てた。

雅紀の弟に対する情愛は一連のスキャンダルで過保護を通り越しての囲い込み——まるで籠の鳥状態だと思っていたが、どうやら、埋もれた才能は意外なところから芽吹いていたようだ。

(こういうのを巡り合わせっていうのかもな)

運命なんてものは自力で切り開いていくもの——というのが伊崎の信条だが、自然を相手にしていると、ごくたまに理屈や常識では割り切れないものを感じることがある。だから、そういうものを頭から否定する気はない。

ただ『運命』なんて言葉で物事を丸め込んでしまう連中が嫌いなだけだった。

そんなことを思いながら、雅紀の顔を思い浮かべた。

(あいつ、きっと、内心泡を食ってんじゃねーか? 可愛い弟が自立心に目覚めてカゴの中から飛び出しそうで)

大いにあり得る。

先日、伊崎は『ミズガルズ』の突発ライブに招待された。

彼らのPV第二弾の監督を引き受けたのはあくまで素材としての『MASAKI』に興味があっただけで、伊崎は別段『ミズガルズ』のファンではない。グループリーダーが伊崎の熱心なファンであることは知っていたが、わざわざスケジュールを調整してライブに行くほどではない。

……ないが。それでも行く気になったのは、確実に雅紀は来るだろうと思ったからだ。ついでのオマケで、弟も。

いや。どちらかというと『ミズガルズ』の本命は雅紀よりもそのオマケだろう。なにしろ、ボーカルのアキラの尚人に対する思い入れ度《えこひいき》があからさますぎて……笑えない。

突発ライブをやるという計画は、伊崎も参加していたPV完成打ち上げの席でメンバーが口にしていた。それはあくまで酒席の上でのたわいもない願望《つまみ》であって、予定は未定の計画倒れになるのがオチだと思っていた。だから、実際に招待状が送られてきたときには唖然《あぜん》とした。

あいつら、マジだったのか？　……と。

しかも、話の流れからいくと、アキラがライブに招待したい大本命は雅紀でも伊崎でもなく尚人だった。そこらへんのところをしつこく、それはもうしつこく雅紀に念を押しまくっていた。

いくら酒の上のことだとはいえ、雅紀と伊崎を前にして『本音だだ漏《も》れかよ』と思うくらいにはアキラはエキセントリックなＫＹ男だった。

伊崎だって人のことはあれこれ言える義理ではないが、周囲を振り回すＫＹ男をコントロールするしかないリーダーの気苦労が偲《しの》ばれた。

それは——ともかく。

ライブ当日、会場の入り口で偶然に尚人に出会った。

ガチなファンであふれかえる中、まるで無防備にぼーっと突っ立っている尚人を見たとき、伊崎はなぜか舌打ちしたくなった。

誰だよ。こんな人混みの中で世間知らずなチワワを放し飼いにしやがったのは……と。

浮いてるどころではなかった。

場違い感も甚《はなは》だしかった。

一人っきりで佇《たたず》んでいるその姿が、あまりにも周囲の熱気に馴染《なじ》まなくて。そこだけ、空気の色が違って見えた。

だから、伊崎は尚人に声をかけずにはいられなかった。そのまま放置していると、なんだかふよふよとどこかに流されていきそうな危うさみたいなものを感じて。

もっとも。兄貴《飼い主》とは会場内で落ち合うことになっている。……との尚人の言葉には大いに納得した。『MASAKI』のような大物《VIP》がいきなり男連れで現れたら、それこそパニックだろう。

それでなくても、突発ライブには真偽もわからない噂があれこれと飛び交っていたらしいので。

開演時間になっても雅紀はなかなか現れなかった。いつまでたっても埋まらないとなりの空席を尚人はやたら気にしていたが、休憩時間になって場内が明るくなったときにはもう、雅紀はちゃっかりと席に座っていた。

カリスマ・モデルはプライベートでもいろいろ縛りがあって大変そうだ。

それでも、わざわざライブにやってきたのは弟が『ミズガルズ』の大ファンだからだろう。なにせ。『ミズガルズ』のPV出演を快諾したのは弟が彼らのファンだったから、だったそうだし。

リーダーが公式ブログでそれをつぶやいたとたん、コアなファンの間で『MASAKI』の好感度が爆上がりしたらしい。超絶美形だがどうにも近寄りがたいオーラを放っている男にも、そういうごく普通の家族愛的な一面があったということで。

いわゆる、ギャップ萌《も》えというやつである。

大物だからこそ、些細《ささい》なことでも周囲の食いつき方が違う。いいことも、悪いことも。

人気商売なのにあれだけの醜聞にも潰れない……どころか、それを逆手にとって堂々と自分の主張を認めさせる剛毅《ごうき》さには素直に脱帽するしかない。本当に護《まも》りたいものがある強さというものを見せつけられたような気がした。

休憩時間の場内では、尚人がそれはもうにこやかな笑顔で雅紀に話しかけていた。無邪気に、楽しげに、高校男子がそんなに可愛くていいのか……と、伊崎ですら呆れるほどに。

裏事情を知らなければ、純粋培養の天然素材ではないかと勘ぐりたくなるほどだった。

そんなものだから、場内は休憩時のざわめきとは別の意味でざわついていた。

それはそうだろう。招待客専用のプレミアム・シートで、あのアイス・ノーブルなカリスマ・モデルがそれはもう目の錯覚かと思うばかりの柔らかな笑みを浮かべているのだから。

ウソ。

マジ？

……なんで？

すごい。

ヤバい。

……あり得ない。

――『ＭＡＳＡＫＩ』のとなりのあの子、誰？

――どういう関係？

――これって、今日一番のサプライズかも。

ひそひそひそひそ…………。

ぼそぼそぼそぼそぼそぼそ……………………。

ざわざわざわざわざわざわざわざわざわ……………………。

そんな周囲のざわめきを完璧無視して。いや、衝撃のドツボに叩《たた》き落としているというのに、あの兄弟は二人の世界を満喫していたのだった。

おまえら少しは自重しろッ！　そんな苦情を呈したくなるほどに。

ある意味、雅紀の開き直り方がすごかった。

二人して突発ライブに来ると決めた時点で、雅紀は雅紀なりに腹をくくったのかもしれない。自分からあれこれ吹聴する気はさらさらないが、弟の存在が世間にこぼれ落ちても構わないと。

雅紀には『アズラエル』に所属している実妹がいるはずだが、彼女に対するコメントは淡白というよりも超絶ドライなのに、弟の扱いに比べるとそのギャップが露骨すぎる。雅紀の中で、それはどういう線引きだったりするのだろうか。

篠宮《しのみや》家のスキャンダラスな事件以来、雅紀の弟に対するガードは堅いというよりもろ囲い込みも同然だったわけだが、『カップルガイド』しかり『ヴァンス』しかり、籠の鳥にしておくのもそろそろ限界が来たということなのかもしれない。

健全な自立心の芽生えというのは、そういうものだろう。雅紀にとっても、尚人にとっても、いつまでも互いに依存し合ったままではロクなことにならない。

愛情も度が過ぎると重荷《劇薬》になる。まさに『運命の愛』を公言して周囲に不幸の種をまき散らし、挙げ句の果てに自滅したのが彼らの父親だったわけだから。

（しっかし、ホント、弟はこっちの予想の斜め上をかっ飛んでるよな）

伊崎にとって尚人はあくまで『ＭＡＳＡＫＩ』の付属品にすぎなかったはずなのに、気がつくと、いつの間にかタラされている。

それが妙におかしくて、つい、片頬でニヤついてしまう伊崎だった。

§§§§§　§§§§§　§§§§§　§§§§§

「はぁぁ…………」

携帯電話の通話をOFFにして、尚人はどんよりとため息をついた。

(結局、一時間以上もしゃべっちゃった)

通話時間を見て、ビックリした。

思いっきり、想定外。

でも、なんだかんだ言っても楽しかったのは否定できない。加々美とは別口で、伊崎がきちんと応えてくれたからだろう。

変に子ども扱いをしない。

ちゃんと話を聞いてくれる。

ときにはそれとなくアドバイスや苦言を呈してくれる。

それだけのことが、やたら嬉しい。

ほっと気を抜いた、とたん。コール音が鳴った。
(あ……まーちゃんだ)
尚人はいそいそと携帯を開いた。
「もしもし？　まーちゃん？」
現金なもので、相手が雅紀と知れただけで声が弾む。
『すっごい長電話だったな』
開口一番、それを言われて。
「ごめんね。ちょっと、切るタイミングがわからなかった」
本音がだだ漏れた。
(だって伊崎さん、予想外にガツガツくるし)
やめられない。
止まらない。
どうすればいいのか、わからない。
伊崎相手に引き際を見定めるとか、無理。正直、尚人では荷が重すぎた。
『……誰？』
「伊崎さん」
瞬間、絶句したように雅紀が息を呑《の》んだ。

『なんで、伊崎さん？』

長電話になってしまった経緯を掻い摘まんで話すと、電話の向こうで雅紀が思いっきりため息をついた。

§§§§§　§§§§§　§§§§§　§§§§§

（…ったく。どいつもこいつも野次馬根性がハンパねーな）

内心、雅紀の舌打ちが止まらない。

加々美はまだしも『ヴァンス』のデザイナーとか傲岸不遜《ごうがんふそん》のネイチャー・フォトグラファーとか、どうしてこちらの都合を無視して好き勝手に頭を突っ込んでくるのか。

本当にもう、やってられるかッ！

……のちゃぶ台返しができたら、どれだけスッキリするだろうか。今どき、その『ちゃぶ台返し』そのものが死語——とっくの昔に化石だったりするわけだが。

イラつく。

ムカつく。

どうしようもなく、腹が立つ。

これが『タカアキ』みたいな駄犬相手だったら軽くあしらうこともできるのに、彼らと対等に張り合うには相手が大物すぎて雅紀の経験値が圧倒的に足りない。

その自覚がある。あっさり認めてしまうのは悔しすぎるが。

『まーちゃん、ごめんね?』

「何が?」

『いろいろ心配かけちゃって』

「いいんだよ。おまえのことをあれこれ心配するのは俺の特権なんだから」

本音でそれを言えるようになった。

『……うん。ありがとう』

どこかくすぐったそうにはにかむ声に癒やされる。

「けど、報・連・相だけは忘れるなよ?」

それだけはきっちりと念を押しまくる雅紀であった。

《＊＊＊　男としての格付け　＊＊＊》

高層ビル群を見下ろすようにくっきりとした上弦の月が天空に輝く夜。

今夜は食事よりも純粋に飲みたい気分ということで、雅紀《まさき》と加々美《かがみ》は定番の和食ダイニング『真砂《まさご》』ではなく外資系ホテルのカクテル・ラウンジにいた。

常連というほどではないが、ゆっくりと落ち着いた気分で飲みたいときに利用している。もちろん、加々美に誘われたときに限りではあるが。

もともと同じフロアにある三つ星レストランが『アズラエル』の接待用に使われていて、その流れで加々美もこのバーを贔屓《ひいき》するようになったらしい。

二人がここを好んでいるのは外資系の有名ホテルであるからだ。当然、外国人が多い。ラウンジではいろいろな言葉があふれている。

特に、夜のバーは照明もかなり絞られている。メンズ・モデル界では派手に目立ちまくりな二人がカウンターの一角に座っていても、誰も気にしない。

何より、格式のあるカクテル・ラウンジなので、ドレスコードがあるわけではないがごく普通の一般人が気軽に足を運ぶには少々ハードルが高い。置いてある酒の種類は豊富だが、座席料込みでともなると値段もそれなりにお高い。

つまりは、わいわいガヤガヤみんなで楽しむ飲み会ではなく、ワンランク上の上質な時間と空間で酒を楽しむことができる。それがウリなのである。

黒服の無口なバーテンダーはいても、セクシーなコンパニオンはいない。会話の邪魔になるようなＢＧＭもない。

ときおりどこからか笑い声はしても、大声を張り上げて話をする者はいない。暗黙の了解がきちんと守られている。そういう心地よさがあった。

まずはグラスビールで仕事終わりの喉を潤し、ほどよく口もこなれたあたりでオン・ザ・ロックに切り替えた。

「……で？　尚人《なおと》君との突発ライブ・デートはどうだった？」

加々美が軽いジャブを放ってきた。

このところ、こうやって加々美と会うたびに尚人の話題が出ることが増えた。それなりにいろいろあったから……と言ってしまえばそれまでだが。そこに無視できない者たちの思惑が絡んで圧を感じるのは、雅紀の気のせいではないだろう。

静かに。

圧縮されて。

マグマが噴き出る寸前の。

…………兆し？

いる物。

いらないモノ。

手放せない者。

そうやって選別した想《おも》いは揺らがないと思っていたが、思いもかけない外圧という波はこちらの都合も事情も斟酌《しんしゃく》してくれない。

寄せては、返し。

また、押し寄せる。

その狭間《はざま》で最善は何かと思い悩んでいる自分がいる。

実父とその愛人という諸悪の根源がこの世から消えてなくなってようやく平穏な日常になったはずなのに、今度は別口の問題が勃発する。雅紀のため息は止まらない。

大事に懐に抱え込んで尚人を愛《め》でる。

とろとろに甘やかして。

可愛がって。

……慈しむ。何よりも大切で失えない者だから。

そうやって囲い込んでいれば安心だった。

満たされた。

癒やされた。

尚人が自分のものだという充足感があったから。

そこが閉ざされた小さな世界であることはわかっていたが、それでも構わなかった。一番大事な宝物を誰にも取られたくなかったから。

世間の悪意と見え透いた同情と薄っぺらい憐憫《れんびん》から護れるのは自分だけだという自負があった。

ただの義務感ではなく、そこには確かな情愛があったから。まっすぐに前だけを見据《みす》えていられた。何があっても頑張れた。

なのに、今。その小さな世界が揺らいでいる。外圧と内圧で。

雅紀だけを見ていた雛《尚人》に自立心が芽生えてしまった。

たぶん、それは人としての成長過程においてはしごく健全なことなのだろう。

知っている。

わかっている。

ちゃんと理解している。

ただ……心情的に納得できないだけで。

自分勝手なエゴである。

醜悪な独占欲である。

だから、それが何？

そんなふうに開き直っている自分がいる。そこが譲れない境界線だった。

それでも、思い通りにはならないことがある。

自立心という種が根を張り。

芽が出て。

茎が伸びて。

葉が茂り。

蕾《つぼみ》になる。

そしたら、あとは花が咲くのを待つだけ。

加々美が。

高倉《たかくら》が。

そして、クリストファー・ナイブスが。

雅紀よりも人生の経験値が高い男たちが、その瞬間を手ぐすねを引いて待っている。

それがただの妄想ではないと知っている。

だったら。

——どうする？

ぐずぐずと思い悩むのは性に合わない。結論はとうに出ているはずなのに、尚人の背中を押すのが……怖い。

箱庭という名の小さな世界から外へと飛び出していった尚人が、そのとき、いったいどういう選択をするのか。そこに、雅紀の居場所はあるのか。

もしも…………。

…………たら。

…………れば。

そんなくだらないことを考えてばかりいるから行き詰まる。まったくもって、その通り。

——なのだが。

ここまで来ていながら、ずるずると思考のループにはまってしまうなんて思いもしなかったというのが本音だった。

そういうときに『ミズガルズ』の突発ライブに尚人ともども招待されて、少しはガス抜きができたのは事実だった。

「楽しかったです」

すると、加々美は微妙な顔になった。

「その顔で楽しかった……とか言われてもなぁ」

「なんでですか？」

さすがに失礼すぎるのでは？

「だから、もうちょっと、こう……ニヤニヤとか、ニマニマとか。甘酸っぱい雰囲気がだだ漏れ……みたいなのがあるだろうが」

「そういう気色悪いリアクションを俺に期待しないでください」

サクッと切り捨てる雅紀であった。

楽しかったのは嘘ではない。『ミズガルズ』のライブをめいっぱい堪能している尚人が本当に楽しそうで、嬉しそうで。

いつもとは違った尚人の歳相応の一面を見ることができて、雅紀としても満足だった。そのためだけにライブに来たと言っても過言ではない。

もっとも。雅紀のお楽しみの本命は、尚人とライブ後の家に帰り着くまでのドライブだったことは言うまでもないが。

二人っきりの密で甘い空間……。それこそ、加々美が言うところのニマニマ笑いがこぼれてしまいそうだった。

「盛況だったらしいな」

「ガチなファンだらけでした」

ロックファンが熱いのか。

『ミズガルズ』ファンだから、なのか。

揃《そろ》いのTシャツやジャケットでばっちりキメるのも、ライブでは定番のお約束だったりするのだろう。

「何？　おまえもその場のノリでマフラータオルとかブンブン振り回したわけ？」

すかさず、加々美が茶化す。

「プレミア・シートの招待客はわりとおとなしめだったんじゃないですかね。周りと比べて年齢層も高そうでしたし。まぁ、ナオはアキラの煽《あお》りに乗せられてけっこう身体《からだ》を揺らしてましたけど」

「そりゃあ、憧れのライブ初体験だったらテンションも爆上がりだろ」

「……ですね」

雅紀にとっても、あれは初体験である。仕事柄、主にスポンサーとの付き合いでクラシック・コンサートに呼ばれたことならそれなりにあるが。

尚人が言うには。

——朝イチからワクワクで会場に着いたら行列がすごくて、なんか逆に唖然としたって言うか……。『ミズガルズ』って、やっぱりすごい人気なんだなって。

それはもうキラキラしい笑顔で語る尚人に、本当に『ミズガルズ』が好きなんだと今更のように実感して。内心、ちょっとだけ妬《や》けた。

——でも、朝っぱらからバカみたいに浮かれすぎだって裕太《ゆうた》にはジト目で睨《にら》まれちゃったけど。

ふふふ……と、尚人が笑った。口で言うほど気にしていないのが丸わかりだった。

相変わらず裕太はブレない。雅紀に言わせれば、それが唯一の長所であると言えた。

尚人が言うところの『好き』が家族愛とはまったく別物だとわかっていても、なんかムカつくという心情が雅紀にもよくわかる。そこらへん、ドライに割り切れないのは雅紀も同じだからだ。

尚人の関心を引きたいからスネているのではない。

ライブにいっしょに行けないことを僻《ひが》んでいるのでもない。

ましてや、うじうじといじけているのでもない。

ヒネくれているのだ。

どうしようもなく屈折しているだけ。

裏を返せば、それは甘えていることに他ならない。そんなこと、裕太は絶対に認めないだろうが。

見た目は真逆でもお子様な裕太と根っこの部分は自分にそっくりだと思うと、ちょっとだけイラついた。

特に、ライブが終わったあとに招待券のお礼も兼ねて控え室を訪ねたときのメンバーとのやりとりを思い出すと。ついい。

（…ったく、おまえらもかよ）

どんよりとため息をつきたくなった。

あのときは表舞台には出てこない『ミズガルズ』の六番目の男――作詞担当の男《トーゴ》もいて、尚人が舞い上がってというより緊張感でガチガチになって滑りまくるわ、噛みまくるわ……で大変だった。

たぶん、メンバーたちは尚人に彼を会わせたかったに違いない。尚人が彼の詩《言葉》にどれほどの思い入れがあるのかを知っているから。

だから、尚人が耳の先まで真っ赤にして声が上擦《うわず》ろうが、噛みまくろうが、皆『よしよし』的な目で温かく見守っていた。あの、空気を読まないアキラでさえも。

変に癖のありすぎる連中ばかりを無自覚にタラしまくる尚人に、ときおり偏頭痛がしてくる雅紀だった。

「ていうか、雅紀。おまえと尚人君のことが『ミズガルズ』のファンサイトで派手に盛り上がってるのは、当然、知ってるんだよな？」

「……知ってます」

アキラからもメールが来た。

【どうも、でーす。うちのファンサイトで、こないだのライブでの『ＭＡＳＡＫＩ』さんと尚君のことがバンバン派手に燃えちゃってるけど、大丈夫？】

とりあえず、問題ないと返信しておいた。

そしたら、即レスで。

【だよねー（笑）。こんくらい屁《へ》でもないよねー（大笑）。だから、また尚君と一緒にライブに来てね】

などと言われてしまった。

二人でライブに行くと決めた時点で、そうなることは予想できた。

そんなことより、尚人と堂々とデートできるチャンスを逃すことのほうがヤバい。

マネージャーの市川《いちかわ》にも、そのことは申告済みである。

どの業界でも、名前が売れてくればハニー・トラップまがいの写真を撮られてスキャンダルを捏造《ねつぞう》されるなんてことは、そう珍しくもない。それも一種の有名税と割り切ってしまえるかどうかは別にして。

異性とのスキャンダル・ショットをすっぱ抜かれるのは事務所的にもマズいだろうが、尚人は弟なので多少スキンシップ過剰でもなんの問題もない。……はずだ。

むしろ、尚人が学業と家事全般をこなしている家庭事情を知っている市川には笑顔で言われてしまった。

――雅紀さん的になんの問題もないのであれば大丈夫です。この際、尚人君と心置きなく楽しんできてください。

あえて、人目は気にしない。

堂々と、めいっぱい楽しむ。

尚人にも、そう言った。すると尚人は『ありがとう、まーちゃん』と極上の笑顔を見せてくれた。それだけでライブに招待された価値は充分にあった。

§§§§　§§§§§　§§§§§　§§§§§

加々美が『ミズガルズ』の突発ライブ開催の予告を知ったのは高倉経由だった。

相変わらず、高倉の情報網は侮れない。もしかしたら、本業とは別口でエンタメ業界のあれこれまで漏れなくチェックしているのかもしれない。

モデルだけではなく、『アズラエル』ではいろんな業種《タレント》のマネジメントも手がけているから、それも必然だったりするのだろうか。

どうやら、そういう情報を必要に応じてピックアップするアプリがあるらしい。まったくIT技術は日々進歩するものだと感心してしまう。

「へぇー、スケジュールはぎっちり詰まってるだろうに、突発ライブなんてやるんだ？　すげー精力的だな」

「アルバム発売前の話題作り《デモンストレーション》じゃないか？　それくらいしないと今どきＣＤは売れないからな」

「まぁ、そうだろうな」

どの業種でも、コアなファンがいるという強みは捨てがたい。ある程度の数字が読めるからだ。そんな彼らに向けてのファンサービスも疎かにはできないというのが最近の業界事情なのだろう。

逆に。雅紀が畑違いのロックバンドのＰＶに出演しただけで『ＭＡＳＡＫＩ』ファンが彼らのＣＤを爆買いしたという特殊な例もあるが。とっかかりがどうでも、そこからファン層が広がってくれれば万々歳だろう。

「だったら、ＰＶ繋がりで『ＭＡＳＡＫＩ』にも招待状が届くんじゃないか？」

「どうかな。あいつは仕事とプライベートはきっちり分けるタイプだぞ」

はっきり言って。超多忙な雅紀がわざわざ時間を割いてロック・コンサートに行く気があるかどうか……。甚だ疑問である。

「レコーディングには来たじゃないか」

「あれは尚人君へのサプライズだったからだろ」

どういう風の吹き回しか、その場には見学には行かないといった伊崎《いざき》もいて、尚人の携帯の電話番号とメルアドを強引にゲットしてアキラが暴言をブチかました。……らしい。

雅紀《守護者》と伊崎《傲慢男》とアキラ《KY男》という三竦《すく》みが勃発して現場が一瞬凍った。……のだとか。

情報元は高倉の後輩でもあるところの『ミズガルズ』のマネージャー瀬名《せな》である。もしかしたら、突発ライブ情報もそのあたりからかもしれない。

できれば、その現場をナマで見たかった。加々美がついポロリともらすと、高倉が『何言ってんだ、こいつ』みたいな呆れた目で加々美を見ていたのは余談である。

「尚人君。『ミズガルズ』の大ファンだっけ?」

「可愛い弟のことになると氷河もとろとろに溶けて激甘なかき氷になるってことだな」

いいことである。

むしろ、当時はほっとした。常に冷め切った目をしているあの雅紀にも、そういう大切な存在があることを知って。

そう……。その頃は、加々美にとって篠宮尚人《雅紀の弟》という存在はその程度のことだったのだ。

そうこうしているうちに突発ライブ公演が終わって。ちょっと興味を引かれて彼らの公式ブログをのぞいてみると、メンバーそれぞれのコメントが書き込まれていた。今や、よくも悪くも、ファンに向けてのそういう情報発信《アフター・フォロー》が常識になってしまった。

そのブログの中で、ライブの感想とそのあとのバックヤードの裏話という流れで当日は伊崎と雅紀が会場に来ていたことを知った。

驚いた。

雅紀はともかく、伊崎まで？

だいたい、伊崎なんか、招待状をもらったところで『めんどくせー』の一言で封も切らずにデスクの引き出しに突っ込むような男である。なのに、仕事絡みでもないのにわざわざ好きでもない音楽を聴きに行った。……なんて。

あり得ないだろ。

いったい、どういう心境の変化だったりするのだろうか。

そこらへんの興味は尽きなかったが、直《じか》に伊崎を問い詰める気にはなれなかった。なんだか、あれやこれやで藪蛇《やぶへび》になりそうな気がして。

そのついでに『ミズガルズ』のファンサイトを覗《のぞ》いてみると。やはりというか、なんというか、雅紀の話題が沸騰していた。

どれもこれも、書き込みのテンションがすごい。

《渋谷《しぶや》『ブルー・フォレスト』に『ＭＡＳＡＫＩ』降臨!!》

《開演前にはいなかったのに、休憩時間になってホールが明るくなったら『ＭＡＳＡＫＩ』がいた～～ッ!!》

《マジでビックリたまげた～～》

《みんな慌ててホールを出て行った。あれ、絶対にトイレ休憩じゃないと思う笑》

《ホール外、女子の嬌声《きょうせい》がすごかった》
《アイス・ノーブルな『MASAKI』がまさかの満開の笑顔》
《笑顔がとろけてたぁぁぁぁッ》
《眼福、眼福♡》
《『MASAKI』のとなりに座ってためっちゃ可愛い子、誰？》
《むちゃくちゃ親密そうだった》
《あれって……もしかして、もしかする？》
《やっぱ、あれでしょ》
《あれで決まり！》
《だよねー。そうだよねー》
なんだかもう、ファンの間では雅紀と尚人の関係がバレバレになっていた。
いいのか？
いや……それもしかたがないのかもしれない。
きっと、雅紀の溺愛《できあい》オーラがだだ漏れていたに違いない。
ファンサイトではみんなが思いっきり匂わせモードなのに、尚人が『弟』だとは誰も言わない。
やはり、そこは未成年である尚人への配慮……いや、皆が皆、事あるごとに『弟大事』を前面に押し出してきた雅紀への忖度《そんたく》だったりするのだろう。

篠宮兄弟の家庭事情に忖度しないでグイグイ来るのは、たぶんクリスだけだ。

裏を返せば、そういう外圧があるからこそ尚人の存在を積極的にオープンにしないまでも緩やかに開示しようと決めたのかもしれない。

そこが、雅紀のぎりぎりの許容範囲だったりするのだろう。

§§§§　　§§§§　　§§§§　　§§§§

「尚人君が『ミズガルズ』のファンだってことはけっこう知られてるわけだから、まぁ、タイミング的にもよかったんじゃないか？」

琥珀色《こはくいろ》の酒を味わうようにグラスを傾けて加々美が言った。

「もう、いろんなところでポツポツ漏れちゃってるんで、このままなし崩しでもしょうがないかなって思ってます。今までナオには家庭の事情でずいぶん我慢をさせてきたので、本当にやりたいことがあるんだったらきちんと後押ししてやりたいなと」

尚人が本当にやりたいこと。

本人的にはまだはっきりと決めかねているようだが、昨年末からこっち、持ち腐れにしていた資格を実践する楽しみを知ってしまったことへのアドバンテージは高い。

「その選択肢の中に俺が入ってるといいんだがな」

ポロリと、加々美の本音がこぼれた。

「そういう誤解を招くような紛らわしい言い方はやめてください」

すかさず、雅紀の駄目出しが入った。

「俺は限りなく本気モードだけど？」

横目でじろりと睨む。

「言い方がキモいです」

加々美の本気度のしつこさ——モデルへの勧誘を否応なく実体験させられた雅紀はボソリともらした。

当時、あれやこれやですっかりねじくれてしまった雅紀ですら、加々美の手練手管に陥落させられてしまった。もともと加々美には好意的な尚人の場合はもっと簡単に落とせるのではないだろうか。

これまでは雅紀の弟というフィルターがかかっていたからガツガツこなかっただけで、加々美から『遠慮』の文字がなくなったら……どうなる？

——どうする？

それでも、最初から遠慮の『え』の字もないクリスよりははるかにましだったが。

「おまえなぁ、それって失礼すぎだろ」

年甲斐《としがい》もなく、わりと本気でスネる加々美であった。

§§§§§　　§§§§§　　§§§§§　　§§§§§

その夜。

『アズラエル』所属のモデル『タカアキ』こと夏目貴明《なつめたかあき》は、スポンサーであるジュエリー会社社長との会食のあと、その流れでホテルのカクテル・ラウンジへとやってきた。

本音を言えば、いいかげんさっさと帰りたかった。

今のところ『タカアキ』のスポンサー契約は二社のみだが、ジュエリー会社のほうはいつも拘束時間が長い。誘われて高級料理がただ同然で食えるのは役得だが、絶対に断れない会食というのは気分的にきつい。最初から最後まで気を遣わなければならないからだ。

楽しくない。

窮屈でたまらない。

自社自慢から始まるジェネレーション・ギャップがありすぎる会話は退屈極まりないし、『ジユエリー・テッサ』の広告塔《イメージ・キャラ》を務めていても宝石に関しては一般常識的なことしか知らない貴明では小難しい話になるとついていけず、適当に相槌を打ってごまかすのも限界だった。

普通はそうならないように知識量を増やして会話の内容を理解するための努力をする……くらいの誠意を見せるべきなのだが、貴明にはその自覚が足りない。

大事なスポンサーだから愛想よくというのは基本中の基本だが、作り笑いもいいかげん引き攣《つ》りそうであった。

その上、担当マネージャーである加藤《かとう》にもしっかり念を押されている。

「いいですね、『タカアキ』さん。契約更新のこともあるので、ちゃんとお願いします」

(うるせーな。何度も同じことを言うなよ！)

貴明だってそれくらいちゃんとわかっている。わかっているのにくどくど言われるのはウザすぎて、終《しま》いには腹が立つ。

同期デビューの『ショウ』が『ヴァンス』の専属モデルに抜擢されたあたりから、加藤がやたら口喧《くちやかま》しくなった。

それまでは貴明の人気が先行していたが、あれで一気に立場が逆転したと言っても過言ではない。

雑誌の企画でも『MASAKI』がメインを張るときには必ずといっていいほど貴明がマッチングされていたのに、先日の撮りに呼ばれたのは『ショウ』こと宗方奨《むなかたしょう》だった。

なんで？

それはもちろん『ヴァンス』効果だろう。なにしろ、雑誌への露出が今までとは段違いだった。

ファッション雑誌の表紙に『ショウ』がピンで立つことなどなかったのに、今ではそれも珍しくはない。勢いがあるのは一目瞭然《りょうぜん》だった。『ヴァンス』というネームバリューは貴明が思っていた以上のインパクトがあった。

突きつけられた初めての敗北感。文句を言ってもはじまらないのはわかっていたが、けっこうイラついた。

風向きが変わったのを肌で実感した。いや……させられた。

『ヴァンス』は着る者を選ぶ。ジェンダー・フリーをコンセプトにしているブランドだから、ワイルド系の貴明よりもノーブル系の奨が選ばれた。最初から勝負をするカテゴリーが違うのだから、しょうがない。

だが、結果的に貴明がビッグ・チャンスを摑《つか》み損ねたことに変わりはなかった。

それによって貴明が実質的な不利益を被《かぶ》ったわけではないのに、なんだか焦る。

イラつく…………。

ムカつく…………。

そういう気持ちの乱れがボディーブローのように貴明の日常を侵食していく。

こんなときはシックなバーでちまちま飲むよりも、仲間とクラブに繰り出してパッと派手に弾《はじ》けたい。騒ぎたい。日頃の鬱憤を晴らしたい。

（あー……クソ。さっさと帰りてぇ）

でなければ、煙草《タバコ》が吸いたい。

そんなことを思いながら、少しでも気分を変えたくて。

「すみません。ちょっと外します。レストルームに……」

ただの振りだけではなかったけれども、席を立つと加藤がなにやら物言いたげな視線を向けた。

（だからぁ、ションベンだよ。いいかげん水腹だっつーの）

言い訳ではなく、ただの生理現象である。それなのに、いちいち加藤に見咎《みとが》められなければならないのかと思うとマジでムカついた。

そして、トイレから戻る途中。

（……あれ？）

ふと見覚えのあるシルエットを見たような気がして、思わず足を止めて目を凝らした。

（ウソだろ）

あれって、もしかして……加々美ではないのか。

（マジか？）

ドキドキと鼓動が逸《はや》る。

薄暗くても、貴明が加々美を見間違えるはずがない。

（やっぱ、加々美さんだ）

それまでの憂鬱な気分が霧散して、一気にテンションが跳ね上がった。

§§§§　§§§§　§§§§　§§§§

そのとき。

四種のチーズ盛りの皿からスモークチーズをデザートナイフで切り分けて、加々美がふと思い出したように言った。

「そういや、例の『リアルでコスプレ・ランキング』はどうなったんだ？」

「このあいだ、内々で打診がありました」

「なんの？」

「採寸をやらせてもらえないかって」

先日、午後イチのグラビア撮影が終わって事務所に顔を出したときに市川から言われたのだ。

どうやら本決まりのようですね、と。

そのにこやかな顔には『オフィス原嶋《はらしま》』にビッグ・チャンスがやってきた。——と書かれてあった。

もちろん、雅紀に拒否権はないのだろう。

「それって、死神シリーズ最凶最悪のラスボスはおまえで決まりってことだよな?」

「いや、それはまだ……」

「はぁ? 何を言ってるんだ。中間発表でぶっちぎりなんだから、あの時点で決まったも同然だろ」

加々美までそんなことを言う。

雅紀としては集計のエンドマークが付くまでは決定とは言えないと思っているが、世間の認識はほぼ決まりで一致している。……らしい。

加々美が言ったようにぶっちぎりだからだ。

「リアルであの衣装をコスプレするわけだから、中間発表で上位にランクインしたキャラの採寸だけでもやっちまおうってか?」

「まぁ、完全オーダーメードになるわけですし」

「最終結果を待っていたらお披露目イベントには間に合わないよな」

まずは素材を厳選して、採寸から仮縫い、そして補整。新作ファッション・ショーとやることとは大して変わらない。

ゲームキャラをリアルにコスプレ……というのがコンセプトだから、よけいに手間暇がかかるに違いない。

それは、わかるが。

「加々美さん、ちょっと聞いていいですか？」

「何？」

「このコスプレ・イベントって、業界的にはどうなんですか？」

「どうって？」

「いや、世間ではすげー盛り上がっているのはわかるんですが。何がどうすごいのか、俺的にはいまいちよくわかりません」

今更こんなことを聞くのは恥ずかしいんですけど的な物言いに、加々美はグラスを呷《あお》る手を止めた。

「おまえ、ゲームは？」

「やりません。そんな暇があったらジムのプールで泳いでます」

雅紀が言うと、加々美はさもありなんという顔をした。

基本、雅紀はストイックである。モデルとしてのレベルを上げることには熱心だが、掛け持ち仕事の待ち時間にスマホで音楽を聴くことはあってもゲームで潰すことはない。ましてや、休日に腰を据えて本格的なゲームにのめり込むこともなかった。

「この企画がすごいのは、ゲーム会社の垣根を取っ払って、ゲーム業界だけじゃなくてファッション業界やら出版業界込みでブームを作ろうとしてることだろ」

「もちろん、仕掛け人がいるんですよね？」

「大手の広告代理店だろ」

「そうなんですか」

ブームを起こす。それは口で言うほど簡単なものではない。それでも、これほどの盛り上がりを見せているということは宣伝効果は大いにあったということだろう。

そこに自分も一枚噛んでいるというのが、雅紀的にはいまいち実感が湧《わ》かない。まだエンドマークが付いていない仮の話だからだ。これが採寸が始まって実際に衣装ができあがってくれば別かもしれないが。

「……で？『アズラエル』も協賛してるんですか？」

「一応。所属タレントが圏内にランク・インしているわけじゃないけどな」

雅紀が不思議なのは、そこに加々美の名前が入っていないことである。加々美ならば、どんなコスプレ衣装でも華麗に着こなせそうなのに……と。

「ていうか。カスタムメードされたあの衣装だけでもけっこうな重量感がありそうなのに、いかにもファンタジーなあの装備を実装するとか、俺的には『マジかよ？』ですけど」

もしかして、決めポーズを取らされたりするのか？

ゲーマーではないのでそこまでキャラに思い入れがあるわけでもなく、それに付随するあれこれを考えるだけでうんざりしてしまう。

「ほとんど露出狂まがいのビキニ・アーマーより断然ましだろ」

雅紀は沈黙する。

あれは二次元のゲームキャラだから許されるのであって、リアルにコスプレとか、本当に大丈夫なのか。

そのエロい……もとい、セクシー・キャラに名前が挙がっているのは隠れ巨乳との噂の清純派で売っている某アイドル歌手だったりするわけだが、事務所的にはどうなのだろう。

そんなことを雅紀が考えるだけ無駄なのはわかっているが。このまま行けば必ずリアルでガチなコスプレ仲間になるのは間違いないので、まったくの無関心ではいられない。

チーズを口に放り込んでそんなことを思っていると。

「加々美さん？」

ふいに声がした。

自分が呼ばれたわけでもないのに条件反射的に目をやる。と、そこには。

「やっぱ、加々美さんだ」

『アズラエル』の駄犬こと『タカアキ』がやたらいい笑顔で加々美を見ていた。

内心、雅紀は舌打ちする。

（なんで、駄犬《こいつ》がここにいるわけ？）

とたんに酒がまずくなった。

「すっごい偶然ですね、加々美さん」

インビジブルな尻尾《しっぽ》をブンブン振り回して、貴明がさも当然のような顔で加々美の左どなりのスツールに座った。

相変わらず『待て《スティ》』もできないクソ駄犬だった。

「……『タカアキ』」

加々美が名前を呼ぶ。先ほどまでとは違う低めの声で。まるで艶消《つやけ》しした鋼のような声だった。

「はい」

めちゃくちゃいい返事だった。構ってもらいたがりの駄犬は加々美に名前を呼ばれたのが嬉しくてしょうがないらしい。

（まったく、ぜんぜん、何もわかってねーよな、こいつ）

加々美の連れが雅紀だと気付いているだろうに、ガン無視。雅紀的には、それはそれでまったく構わなかったが。

「俺は今、プライベートだ。呼ばれてもいないのにすり寄ってきて、許可もしていないのに勝手にとなりに座るんじゃない」

今まで一度として聞いたことがないような冷えた口調だった。雅紀でさえ、一瞬ドキリとし

てしまうほどに。

（加々美さん、こんな声出せるんだ？）

いつもの、大らかでちょっとだけヤンチャが入っている『人タラし』の声とはまったく違う。

徹頭徹尾、冷え冷えとした声質だった。

雅紀の知っている加々美じゃない、加々美。

それなりに加々美との付き合いも長いが、こんな加々美は——知らない。

加々美の顔は貴明に向けられているので雅紀からはその表情まで窺《うかが》い知ることはできないが、底冷えのする声を聞いているだけでも本音で怖いと感じた。

その瞬間、貴明の顔が奇妙に歪《ゆが》んだ。どうしてそんなことを言われるのかわからない。そういう顔つきだった。

（だから、おまえは躾《しつけ》のなってない駄犬呼ばわりをされるんだよ）

『アズラエル』一推しの新人なのだから自分は期待されているのだとプライドを持つのは、構わない。だからといって周囲が特別視しているのが自分の正当な実力だと本気で思っているのなら、それはただの思い上がりだ。

『アズラエル』という強力な後ろ盾があるからこそ、多少のことは大目に見てもらえているのだという自覚が足りない。所属事務所のネームバリューがあるということは、そういうことだ。

そこらへん奨はきちんと理解して精進しようとする根性はあるようだが、貴明はただ『一推しの新人』というレッテルに胡座《あぐら》をかいているだけだろう。

「おまえにも連れがいるんじゃないのか？」

加々美のトーンは相変わらず冷えたままだ。声を荒らげているわけでもないのに、ジンと痺《しび》れる。

貴明のような若輩者が、こんな高級バーにひとりで飲みに来られるはずがない。雅紀だって加々美に誘われたからここにいるのであって、お一人様ではハードルが高すぎる。

見栄を張って格好をつけたがるほどの相手がいれば、また違うのかもしれないが。

「だったら、さっさと戻れ」

とどめの一発を浴びせられて言葉も出ないのか。それとも、屈辱感でいっぱいいっぱいなのか。青ざめた顔色の貴明は下唇を噛んだまま動かない。

——と。

「『タカアキ』さん。なかなか戻ってこないと思ったら、いったい、こんなところで何をやっているんですか」

男が足早に寄ってきて、声をひそめて咎め立てた。

そして、加々美に気付いてギョッと目を瞠《みは》った。

「おまえ……『タカアキ』付きの……」

顔は見知っていても、名前までは覚えていないらしい。

なった。

「担当マネージャーの加藤です」

加藤はきっちり頭を下げて。返す目で雅紀に気がつくと苦いものでも飲んだような顔つきになった。

「おまえら二人で……ってことはないよな？　誰の連れだ？」

「『ジュエリー・テッサ』の黒田《くろだ》社長です」

とたん、加々美は苦々しい顔つきになった。

貴明から視線を外して、束《つか》の間《ま》、手元のグラスを凝視する顔は、貴明の失態を思うさま罵倒《ばとう》して噛み殺しているかのようだった。

（『ジュエリー・テッサ』って、こいつの第一スポンサーだよな）

貴明が『ジュエリー・テッサ』の専属モデル契約を取ったと聞いたときには、さすが『アズラエル』の看板はすごいと業界ではけっこうな噂になった。そういうことには興味のない雅紀ですら知っているくらいだ。

普通、なんの実績もないド新人モデルを自社の顔《広告塔》に大抜擢するなどあり得ないからだ。なんの色も付いていないからこそのチャレンジだと言えないこともないが。

今、貴明が身につけているネックレスやブレスレットも当然テッサの商品だろう。

外では常にテッサのジュエリーを身につける。スポンサー契約とはそういうものである。当然それが『タカアキ』の箔《はく》付けにもなるし、同時にテッサの宣伝にもなる。貸与《レンタル》なのか報酬《プレゼント》なのかはわからないが。

それにしたって接待中の大口スポンサーを放ってこんなところで油を売っているなんて、どういう神経をしているのか。

(ありえねーだろ)

開いた口が塞《ふさ》がらないというより、貴明がそこまで愚鈍だとは思わなかった。

「だったら、さっさとこいつを連れて席に戻れ」

「は、はい」

「きっちりフォローはしておけよ」

「はい」

加藤は尻に根が生えてしまったかのような貴明の腕を摑んで力任せに立たせると、そのまま引きずっていった。

「あの、バカがッ」

加々美は小さく毒づくと、グラスを摑んで一気に飲み干した。

予定外のアクシデント勃発で、加々美は今夜の本題であるところのクリスから頼まれていた顔繋ぎの一件を雅紀に切り出す気分ではなくなってしまった。

《＊＊＊　イベントホール　＊＊＊》

ゴールデンウイーク初日。

六本木《ろっぽんぎ》。

地下二階にあるイベントホール『アウローラ』では『GO－SYO』こと伊崎豪将《いざきごうしょう》の写真展が開催中だった。

ゲームやアニメに押されて活字離れが深刻になったと真顔で語る識者。彼らは、便利なコンテンツが普及して自分で文字を書く習慣が減ったことで簡単な漢字すらまともに書けなくなったと声を荒らげる。

便利なものに依存すると思考力が低下する。それらの真偽はともかく、紙媒体の本が売れなくなったと嘆く出版社。ネット通販へのクリックひとつで簡単に本が買える今の時代、わざわざ本屋にまで行く必要がなくなった。街の小さな書店が赤字経営で潰《つぶ》れてしまうのも時代の流れと言えないこともない。

そんなリアルな現実の中、一冊数千円クラスのハードカバー写真集を万単位でバンバン売りまくる男。それが伊崎であった。

エロなし。

グロなし。

それどころか売れ線の人物写真《アイドル・ブック》ですらない。

ただそこにあるがままの自然の美しさと厳しさ。そして、それらの風景がもたらす憧憬《しょうけい》と感動を一枚の写真に込めるネイチャー・フォトグラファーの信者《ファン》で写真展は初日から大盛況であった。

もともと知る人ぞ知るといったコアなファンが多かったのだが、例の『ミズガルズ』のPV第二弾の映像美が話題をさらって一気に人気に火が付いた。

それで各方面からのオファーが殺到したが、才能と人間性は必ずしもイコールではない——業界一の偏屈との異名を取る伊崎の前にことごとく撃沈した。

そんな伊崎の写真展に、尚人《なおと》はクラスメートである桜坂《おうさか》・中野《なかの》・山下《やました》たちと連れだってやってきた。伊崎から写真展のチケットをもらったからだ。

§§§§§　§§§§§　§§§§§　§§§§§

例によって例のごとく。伊崎からメールが来て、尚人は写真展のことを知った。

興味あるか？　……と聞かれて。

もちろんですッ‼　……そう答えた。

ただのリップ・サービスではない。カレルに伊崎の最新版写真集を送りつけてしまうほどのファンだった。

それから程なくして、まるで結婚式の招待状もどきのやたら豪華な封筒にイベントホールまでのアクセス地図付きの案内状とともにチケットが送られてきた。

コンビニの発券機でも買える一般的なものとは違って、見るからにプレミア感がありすぎる黒地仕様のチケットだった。なんだかすごすぎて、あくまで庶民派の尚人はちょっとだけ腰が引けてしまった。

雅紀《まさき》にそれを見せたら。

「へぇー、六本木の『アウローラ』か。けっこうデカい箱でやるんだな」

そう言った。

見ているところがぜんぜん違った。

さすが、カリスマ・モデル？　こういうのにも慣れているのだろうか。

「まーちゃん、知ってるの？」

「イベントホールの中じゃかなり有名。賃料が高いのと、アクセスがいいのと、キャパが広いのとで」

「そうなんだ？」

「前にそこで、メンズ誌合同でコレクションをやろうってことになったんだけど、もろもろ折り合いが付かなかったんだろうな。結局、ポシャった」

「そんなところで伊崎さんの個展をやるんだね」

「すげーよな。まっ、性格はあれだけど、伊崎さんの写真に妥協はないから」

昼の端で雅紀がくすりと笑う。

「まーちゃんは、やっぱり無理だよね？」

「さすがに、な。尚人と二人で真っ昼間の六本木デートっていうのはものすごくそそられるけど、もろもろ無理そう」

「……だよね」

尚人が残念そうにため息をもらした。

§§§§　§§§§　§§§§　§§§§

目の前で、尚人がため息をついた。

雅紀との六本木デートが駄目になって、あからさまに声を落とした。

「でも、ナオは行きたいんだよな?」

「うん。せっかくチケットをもらったから」

以前の尚人だったら、そんなふうには言わなかった。

——まーちゃんが行けないんだったら、俺もやめておく。

たぶん、そう言ったはずだ。

いや。それ以前に、伊崎からチケットをもらう前にきっちりと雅紀に相談をしただろう。

——ねぇ、まーちゃん。伊崎さんの写真展に行ってもいい?

だが、尚人は雅紀に相談もしないで伊崎とのやりとりだけで勝手に決めてしまった。

なんで?

どうして?

…………そうなる?

それを思うと、なんだか妙に気持ちがささくれた。

加々美《かがみ》の前では『尚人の自主性を尊重する』なんて格好をつけておきながら、まったく矛盾している。

（はぁ……。俺って、いざとなったらダメダメなんじゃね？）

さすがにメゲた。

ふとした拍子にままならない感情がむくりと頭をもたげて、いかに自分が嫉妬《しっと》深いかを思い知らされる。

「……そうだな。チケットをもらったらちゃんと行くのが礼儀だよな」

だから、何食わぬ顔で理解がある振りをして。

「うん」

「なら、桜坂君たちを誘ってみればいいんじゃないか？」

雅紀がそれを口にすると、先ほどまでしおれていた尚人の顔に笑みが戻った。

なんでか、腐る。尚人の反応ひとつに振り回されているようで。

（……違うだろ）

頭ではわかっているのに、感情に引きずられる自分に自分でムカついた。

「そうだね。そうする」

「楽しんでくればいい。みんなと」

それもまた、雅紀の嘘《うそ》のない本音であったのだが。

§§§§§　§§§§§　§§§§§　§§§§§

翔南《しょうなん》高校。

下校時。

三年三組の教室で尚人が伊崎の写真展の話をすると。

「え？　『GO－SYO』の写真展の無料チケット？　マジで？」

中野はビックリ目を瞠《みは》って。

「行く、行く」

山下は二つ返事で。

「その『GO－SYO』って……誰？」

桜坂の言いようにはちょっとだけ脱力した。

「もお、何言ってるんだよ。桜坂」

「そうだよ。『ミズガルズ』のPV監督だってば」

「なんだ。伊崎なんちゃらっていう人の別名かよ」

伊崎なんちゃら………。

（や……別にいいんだけど）

桜坂にとってはＰＶに関心はあってもその監督のプロフィールまでは興味がないのかもしれない。

「そ、そ。記者会見のときのオレ様監督」

なにげに中野も暴言を吐いた。

「テレビ越しでも圧がハンパなかった。あれでネイチャー・カメラマンって見かけ詐欺もいいとこだよな」

……否定できない。

初対面で伊崎の職業を正確に言い当てられる人はいないのではなかろうか。

カメラマンと言われたところですんなり納得できる人もいないのでは？　そういう気がする。

たいがいの人は、まず例外なくビビるだろう。威圧感丸出しの体格と眼光の鋭さに。慣れればどうということはない……とも言えない。

「なんかさぁ。『ミズガルズ』のメンバーを挟んで両脇に雅紀さんと伊崎さんが座ってると、真逆の威圧感がビンビン……だったし」

「うん。あれで平然と記者質問に答えてたメンバーって実はすごくね？　とか思った」

「けど、あのボーカルの人もたいがいだったよな」

「リーダーが苦笑いしてたし」

それは、チームワークもばっちりということではないだろうか。『ミズガルズ』推しの尚人としては、そこは譲れない一線であった。

§§§§　§§§§§　§§§§§　§§§§§

午後一時少し前。

最寄り駅からイベントホールに向かう途中、すれ違う人波の中で『GO-SYO』のロゴ入りの紙バッグを持ち歩いている者たちが目立つ。

「なぁ、あれってみんな写真展帰り？」

「みたいだな」

「なんか、知らない人なのに写真展帰りっていうだけで妙に親近感みたいなものを感じるんだけど」

「それって、あれだろ。オタク的シンパシー」

「オタクじゃねーよ」

そこは譲れないのか、しっかり、きっぱりと否定する中野だった。

そんな二人のじゃれ合いにも似た背中を見ながら、尚人は口元を綻《ほころ》ばせた。

「中野と山下って、ホントに仲がいいよね」

「あいつら、三年三組最強のお笑いコンビって言われてるらしい」

思わずプッと噴き出しそうになるのを堪《こら》えて。

「……マジで？」

となりを歩く桜坂を見やる。

「ボケとツッコミが絶妙すぎて、誰も合いの手を入れられないんだと」

「あー……それ、わかる」

二人の醸し出す雰囲気がまろいからだ。

無駄につついて壊したくない。……みたいな。

タイプは違うが尚人と桜坂も同じようなことを言われているのだが、二人はまったく気がついてもいない。

そんなこんなで目当てのビルに到着する。

入り口のドアをくぐると、広々とした、まるでローマのスペイン広場を思わせるような階段があり、三階まで吹き抜けになっていた。

「うわ、広い」

「おぉ、すげー」

「天井が高い」

「なんか、声がビンビン響くんだけど」

すごい開放感だった。

二階と三階には階段をコの字に取り巻くようにショップが並んでいる。ちょっとした回廊のようだった。

階段の両端にはそれぞれ上下一方通行のエスカレーターがあり、ショップに行くにはそれを利用するのだろう。

地下二階へと続く階段にはけっこうな人数が座り込んでスマホをいじっていた。

……ん？

（どういうこと？）

行列を作っているようでもないし。皆、何を待っているのだろう。

それとも、写真展とは関係がないただの休憩？

ちょっと、わけがわからない。

（……ていうか、入り口付近の壁、花だらけなんだけど）

生花のアレンジメントであふれている。

昨年末に書道家である篠宮《しのみや》の伯父が『三人展』という個展をやっていたときも、同じように生花のアレンジメントが飾ってあった。もっとも、こちらのほうがボリュームも派手であのときの三倍以上の数はありそうだった。

生花のアレンジメントの相場などまったくわからないが、あれだけ豪華なのだから、きっとすごくお高いのだろう。

「花……すげーな」

「……そうだね」

ちょっとした花壇《ひな》？

癒《い》やされるというより、なんだか圧倒される。

その中に、見知った名前がちらほらあった。

（あ……加々美さんだ）

もちろん『アズラエル』の名札もあるが、それとは別口の個人名で来ているということは、やはりプライベートでもそれなりの付き合いがあるということだろう。

当然『ミズガルズ』のもある。

（うわぁ……まーちゃんの名前もある）

ビックリして、思わずポカンと口が開いた。

やはりPV絡みだろうが、雅紀からそんな話はまったく出ていなかったのでよけいに驚いた。どの業界でも、そういう義理は欠かせないのだろう。

尚人がアレンジメントの生花に見とれている間に中野と山下が下まで行って戻ってきた。

「なんか、あそこの発券機で整理券を取るらしい」

「え？　ホント？」

ということは、階段に座り込んでいる連中は呼び出し番号待ちだったりするのだろうか。

伊崎の話では、入り口でチケットを見せたらあとはフリーパスみたいなことを言っていたが。

……違うのだろうか。

そう思っていたら。スーツ姿の男が白いボードをボードスタンドにセットした。
■百五十番から二百番■
そう書いてあった。

「お待たせしました。整理番号百五十番から二百番の方、ご入場ください」

すると、座り込んでいる者たちの半数近くが次々に立ち上がり、ぞろぞろと階段を降りていった。

（はぁ…………。そういうこと？）

ようやく納得できた。

「俺らも整理券取ってこようか？」

「や、待って。一応、スタッフさんに聞いてみる」

もしかして。

もしかしたら、だけど。

もらったチケットがプレミアムな招待状だったりするかもしれないし。だって、黒地のチケットだし。

尚人が階段を降りていくと、桜坂たちも後に続く。

入り口のスタッフにチケットを見せる。

「あの、これ、いただいたんですけど」

ちょっとドキドキした。

「フルネームでお名前を伺ってもよろしいですか？」

「篠宮尚人です」

スタッフの男はタブレットを操作して。

「篠宮尚人様、ほか三名様。確認いたしました。どうぞ」

中へと促した。

やはりプレミアムなチケットだったらしい。とりあえず、ほっとした。

だが。聞き慣れない『様』付きで呼ばれるとなんだか背中がもぞもぞした。

すると、後ろでこそこそとつぶやく声がした。

「聞いたか？」

「ビックリ」

「様付きだぞ」

「プレミア感、ハンパねーな」

「急にＶＩＰになったような気分」

「マジ？　俺、ごくフツーの庶民だから違和感ありまくり」

たかが高校生相手にここまでスタッフが丁寧な対応をするくらいだから、きっと、招待客の中には本物のＶＩＰがいるのだろう。

（やっぱり、伊崎さんってすごい人なんだなぁ）

そうやってみると、なんだか気軽に伊崎とメールのやりとりをしているのが妙に後ろめたい気分になった。本当に、今更だったが。

中に入ると、けっこう広々としていた。見ていく順路みたいな表示はないので、好きなように楽しめばいいのだろう。

入り口でチケットの半券と引き換えに簡単なパンフレットをもらったので見てみると、展示物は四つのブースに分かれていた。

森。

月。

花。

空。

とりあえず一番近いところからということで『森』ブースに入った。

そこにはいろいろな森があった。

明るい森。

暗い森。

華やぐ森。

静寂の森。

…………………………。

見ている間、なぜか、頭の中でカレルの曲がリピートで流れた。

『月』のブースでは照明がかなり絞られていた。代わりに、写真《パネル》ごとに柔らかな色合いのスポットライトが当てられていた。まるで、本当に夜空の月を見上げているような気分になった。

圧巻だったのは赤いスーパームーン。

なにかこう、魅入られるような、掻《か》き立てられるようなものがあって。月に向かって吠《ほ》える狼《おおかみ》の気持ちが少しだけわかったような気がした。

『花』のブースでは、自然と笑みがこぼれた。

壁一面に咲いている四季折々の花。それも、普段見たこともないような可憐《かれん》な花々に埋もれているような幸せな気分にさせられた。

（なんか、いい匂いがする）

かすかなアロマの香り。これもさりげない演出なのだろう。

『空』のブースには燦《きら》めく星座があった。

朝焼けがあった。雲海に夕日が沈む瞬間があった。夜空を彩るオーロラがあった。

うっとりした。

……ため息がもれた。

それで終わりなのかと思ったら、最後の最後にサプライズが待っていた。

『艶』と書かれたブースがあったのだ。

パンフレットにはなかった。もしかして、ゲームで言うところの隠し部屋みたいなものなのだろうかと思いつつ、中に入ってみると。部屋全体がプロジェクション・マッピングになっていた。

そこには、枝垂れ桜が咲き誇っていた。

「うわぁ……」

思わず、声が出た。

「すげー……」

「きれー……」

「圧倒されちゃう」

尚人たちのほかにも、その場にいた者たちが次々に感嘆の声を上げた。

(あー……これ。『ミズガルズ』のPVで使われた枝垂れ桜だ)

声を呑《の》んで見とれていたら、場面が変わって、深閑とした森の風景になった。そして、また

場面が変化して、今度は青白く冴《さ》えた月の情景が映し出された。そうして、また、枝垂れ桜に戻る。

「なぁ、これって」

「もしかして?」

「あれだよな?」

「例のPVのやつ」

ぼそぼそとさざめく声がする。

たぶん。

……きっと。

………間違いなく。

この『艶』ブースは『ミズガルズ』のPV風景を再現したものなのだろう。

そこにはアキラが切なくシャウトするバラード《BGM》もなければ、雅紀の華麗な剣舞が映し出されているわけでもない。けれども、無音だからこその圧倒的な美があった。

すごい。

スゴイ…………。

凄《すご》い………………。

尚人は感動に打ち震えてただじっと魅入っていた。

§§§§§　§§§§§§　§§§§§§　§§§§§§

「はぁぁ。すごかった」

「まじまじと見とれちゃったよ」

「息、止まってたかも」

「ハンパなかった」

「ＰＶの世界が疑似体験できちゃった……みたいな？」

「ちょっとヤバすぎ」

「最後の最後でやられた感がすごい」

「……だな」

『艶』ブースから出てくるなり、皆が一斉に饒舌《じょうぜつ》になった。

いや。

もう。

………参りました。

なんだかもう満足感で胸がいっぱいである。

そうやって出口方面へぞろぞろ歩いていると、あたりが急にざわめいた。

皆が慌てて引き返していく。

（なんで？）

訝《いぶか》しげに見ていると。

「ねぇ。『GO－SYO』が来てるんだって」

「サプライズがあるかも」

「え～～～ッ」

「マジで？」

──の声がした。

サプライズと聞いて、尚人たちも足早に引き返す。

すると。『月』と『花』の間のスペースがいつの間にか特設ステージもどきになっていた。

しばらくすると。もはや定番と言っても過言ではないワークブーツ、ジーンズ、ジャケット姿の伊崎が出てきた。なんだか、いつも以上の圧をまき散らしながら。

（あれ？　もしかして、伊崎さん的には予定外のサプライズ？）

ふてぶてしいくらいの俺様を地で行く伊崎の顔が、いつも以上に怖い。ギャラリーへのサービス・サプライズというよりも伊崎にとっては不本意な突発イベントだったりするのかもしれない。

それでも、ギャラリーに拍手で迎えられたのだから何もしないというわけにはいかないと思ったのか。

「どうも。『GO－SYO』です。本日はご来場いただいて、ありがとう」

張りのあるバリトン・ボイスはマイクがなくてもよく通る。ギャラリーとの距離感が近いので、あえてマイクを使う必要もないのだろう。

「これだけ大規模な個展は初めてなので、いつもとは少々勝手が違います」

そう言葉を切って、スーツ軍団が控えているあたりに鋭い視線を飛ばす。

釣られて目をやると、スーツ軍団の顔が若干引き攣《っ》っていた。……ように思うのは、尚人の錯覚だろうか。

と——頭の後ろでぼそぼそと声がした。

〔せっかくのサプライズなのに『GO－SYO』が何を言ってるのか、わからないね〕

〔しかたないよ。日本人のギャラリーに向けてのスピーチなんだから〕

〔そうだね。でも、あー……残念〕

どうやら、外国人のファンも来ているようだ。

写真も絵画も感性で見るものだから、よけいな言葉はいらない。……というのは万国共通である。けれども、サプライズ・スピーチはやはり別物だろう。

するると、いきなり中野に脇腹を小突かれた。

「何?」

「後ろの外国人、なんて?」

「せっかくのサプライズなのに言葉がわからなくて残念だって」

「なら、篠宮が通訳してやれば?」

「……え?」

「ほら。ボランティア、ボランティア」

「そうだよ。ささやかな国際親善だって」

「使えるものは使わなきゃ、だろ?」

番犬トリオに言われて、尚人はそっと後ろを振り向いた。

〔あの、よければ通訳しましょうか?〕

いきなりの呼びかけに、外国人二人は唖然《あぜん》と目を瞠り、互いの顔を見合わせ、最後ににっこり笑った。

〔いいの?〕

綺麗《きれい》に手入れをされた顎髭《あごひげ》の長髪イケメンが言った。

〔はい〕

〔じゃあ、よろしく〕

ベリーショートの丸眼鏡の彼が口元を綻ばせた。
尚人はそっと後ろに移動して二人の横に並んだ。
そして、周りの迷惑にならないように声を落として伊崎のスピーチを淀《よど》みなく通訳した。
二人は、ときおり外国人特有のリアクションを交えて頷《うなず》き、伊崎のスピーチが終わると周りと同じように拍手をした。
〔ありがとう。とてもわかりやすかった〕
〔ホント、助かった〕
〔僕たち、今日来て、すごくラッキーだった〕
〔できれば私たちみたいな日本語に不自由なファンのために英語の音声ガイドかパンフレットのようなものがあれば、もっと楽しめたかも〕
〔……だね。彼の感性は本当に素晴らしいから〕
二人は晴れやかな顔つきで礼を言い、満足げに次のブースに向かった。
「やっぱ、国際親善っていいよな」
中野がニマニマ笑うと、山下と桜坂が『おまえは何もやってないだろ』的なため息をついた。

§§§§§　§§§§§　§§§§§　§§§§§

その日。

尚人が友人と連れだって写真展に来る日時を聞いていた伊崎は、ちょっとだけ顔を出すつもりでスタッフ専用口から会場入りをした。

スタッフには一応連絡を入れておいた。さすがに、前触れもなくいきなりやってくるのはルール違反だと思ったからだ。

とりあえず、やるべきことをやっておけばよけいなトラブルもなくなる。それが物事の基本というものだろう。

理由を問われて、友人が来るので挨拶をしたらすぐに帰ると答えた。

すると、対応したスタッフは、もっと重要な案件だとでも思っていたのか。肩透かしを食ったような声で『え？　それだけですか？』などと言い、それが失言まがいの失態だと気付いたのか、慌てて『申し訳ありませんッ』を連呼した。

会場スタッフとは、オープニング・セレモニーで顔を合わせた。皆、緊張した顔つきで伊崎に非常に気を遣っていたのがよくわかった。きっと『業界一の偏屈男』との異名を取る伊崎の取り扱い注意報でも出ていたに違いない。

スタッフはピリピリしていたが、伊崎はいつも通りの平常運転だった。

無駄口は叩《たた》かない。

無駄に愛想は振りまかない。

誰が相手であっても無駄に遜《へりくだ》ることもない。

そうして、最初の取り決め通りにやるべきことをさっさと済ませて帰った。

伊崎を引き留める声もあるにはあったが、あれこれ気を遣われるのが嫌というよりも、無駄に時間を潰したくなかった。どうせ、たいした用事ではないに決まっているのだから。

電話口で平謝りをしていたスタッフの失言にもならない言葉の揚げ足を取るつもりなどさらさらないが。『伊崎豪将』という刷り込みは伊崎が思っている以上に重いものがあるのかもしれない。

歳《とし》が一回り以上離れている尚人を友人と呼ぶには無理があるような気もするが、ほかの理由付けをするのも面倒だったのでそれで押し通した。

（まぁ、メル友だしな）

そんな程度でわざわざ顔を見にやってくる時点でたいがいなのだが、そこはさっくりと無視を決め込んだ。いつの間にか雅紀のオマケがオマケでなくなった自覚は自覚として。

招待者リストを見せてもらうと、尚人の名前にチェックが入っていた。

（んじゃ、このままここでテキトーに時間を潰して尚人が会場を出たあたりで声をかけてみるか）

スタッフによけいな気を遣わせる気もなかったので、このまま放っておいてもらってまったく構わなかった。

なのに、である。

当日になって会場に詰めていた今回のスポンサーである広告代理店『鳳凰《ほうおう》企画』の幹部から、いきなりサプライズ・スピーチなるものを強要された。

「はぁ？」

思わず目を眇《すが》めて声を落とすと、バックヤードにいた者たちの腰が見事に引けた。

「いえ。ですから。せっかく先生が会場にいらしているのですから、ファンサービスの一環として、こういうサプライズもよろしいのではないかと」

提案とは言いながら、スポンサーとしての当然の権利だと言わんばかりの口調に、伊崎の機嫌は一気に地を這《は》った。

それでも。内心の罵詈《ばり》雑言《ぞうごん》を口にしないだけの理性と自制はあった。

この提案が幹部自身のスタンドプレーなのか、それとも『鳳凰企画』主導なのかはわからないが、ここで事を荒立ててはますます気分が悪くなるだけである。

ただでさえ、取り扱いが難しい偏屈男と言われているのだ。伊崎的には今更誰に何を言われようが痛くも痒《かゆ》くもないが、わざわざ出張ってきたのに、ここでトラブってしまっては意味がない。

ただ……。次から同様のイベント企画を持ち込まれたときには事前の契約書に『予定外のサプライズはいっさい拒否する』との一文を入れることに決めた。

§§§§§　§§§§§　§§§§§　§§§§§

いろいろ堪能《たんのう》して高校生四人組が大満足で出口に進むと、そこは物販コーナーになっていた。

これまでの写真集のバックナンバーやポストカード、タペストリーなどの商品が並べてあり、買い求める人で混雑していた。

売れ筋ナンバーワンは、やはり、この写真展のための限定本《カタログ》だろう。

もちろん、尚人たちもそれぞれお気に入りのポストカードをゲットした。

「なぁ、さすがに腹も減ったし。なんか食おうぜ」

こういうときに口火を切るのはやはり中野だった。

「そうだね。だいぶ遅めのランチだけど」

「このビルにレストランフロアってある？」

「んー……。あっても高そうじゃね？」

「じゃ、駅前のファミレスとか？」

「そこにしよ」

腹も空《す》いていたのでサクサク決まった。

ゴールデンウイークなのでファミレスもそれなりに混んでいるかと思ったが、遅めのランチが幸いしたのかわりとすんなりテーブルに案内された。

注文はタブレット式だった。ファミレス自体に入り慣れていないので、尚人はけっこうドキドキしながらメニューを選んだ。

それぞれが好きなものを注文して、各自ドリンクバーに飲み物を取りに行く。

注文した品が来るまでの間に、尚人は感動が冷めないうちに伊崎にメールをすることにした。

さすがに、サプライズで伊崎が現れたときはビックリした。せっかく伊崎が来ているのだから挨拶をしたかったが、スーツ軍団に囲まれた伊崎に突撃する根性はなかった。

スピーチが終わった後、伊崎と目が合った。

尚人が軽く会釈をすると、伊崎は唇の端をわずかに吊《つ》り上げた。端から見れば、獲物を見つけたような獰猛《どうもう》な笑みに見えたかもしれない。

【こんにちは、伊崎さん。写真展、すごかったです。テーマごとのブース、それぞれ堪能させていただきました。パンフレットに載っていなかった『艶』ブースには本当に驚かされました。すごかったです。でも、あのサプライズ登場にはもっとビックリしました。本当は直接会ってご挨拶をさせていただきたかったのですが、さすがに声をかけづらかったです。目礼だけで失礼しました。とにかく、めいっぱい楽しめました。本当にありがとうございました！】

この心地いい興奮をもっと伝えたかったが、メールではそれにも限界があった。

打ち終わって送信すると、ほっとため息がもれた。

すると、伊崎から即レスが来た。

マナーモードにしておいてよかった。

【よぉ。楽しんでもらえたようで何よりだ。ていうか、おまえ、今どこ？】

【ファミレスです。友人たちと遅めのランチです】

【そうか。俺としては顔出ししたついでに昼飯でも奢《おご》りたかったんだが】

いやいやいや…………。それって、どんな罰ゲーム？

無理無理無理…………。尚人たちはごく普通の高校生である。

『GO－SYO』同伴でランチとか、あり得ないから。ポーカーフェイスが通常モードの桜坂はどうだか知らないが、さすがの中野と山下のコンビも緊張感で食欲も失《う》せるだろう。

【お気持ちだけで充分です】

【じゃあ、今度改めてということにしておく】

いえいえいえ…………。お気遣いなく。

（そういうご招待はマジで遠慮したいです）

内心、本音がだだ漏《も》れだった。

【そういえば。外国人さんも来てました。伊崎さんのファンもワールド・ワイドですね。ちょうど近くにいたのでサプライズ・スピーチの通訳をしたら喜ばれました】

【何、おまえ、あのとき、そんなことをやってたのか?】

【はい。せっかくのサプライズなのに何を言っているのかわからないのが残念……と言っていたのが聞こえてしまったので。伊崎さんの生スピーチを聞く機会なんて、そうそうないですよね。ああいうサプライズはファンにとってはすごく嬉《うれ》しいです。今日、あの場にいた人は本当にラッキーだったのではないでしょうか】

【おまえらしいっちゃ、らしいんだろうが】

【持ち腐れにしないように実践中です。すごく勉強になります。これからもそういう機会が増えたらいいなって思ってます】

【まぁ、頑張れ】

【はい。ありがとうございます。それでは!】

メールを終えて携帯電話をバッグにしまって顔を上げると、向かいの席の中野がじっと見ていた。

「なに? どうかした?」

「がつがつメールしながら篠宮が百面相やってたから、いったい相手はどこの何様? とか思って」

ははは……と。つい、乾いた笑いが漏れた。

「チケットをくれた人にお礼がてら写真展の感想をちょこっと」

「へぇー」

「ちょこっと、ねぇ」

「なるほど」

なんだか、三者三様のもの言いたげな視線がブスブス突き刺さる。

そこへ、タイミングよく注文したものが運ばれてきた。

「あ……美味《うま》そう」

これ以上突っ込まれないように、我先にとフォークとナイフを取った。

「いただきます」

とにもかくにも、今日が充実した一日であることをしみじみと噛《か》みしめずにいられない尚人であった。

《＊＊＊　甘やかな夜　＊＊＊》

篠宮《しのみや》家。

午後四時を少し回った頃。

篠宮裕太《ゆうた》が庭に干してある洗濯物を取り込んでいるとき、ダイニングキッチンにある電話が鳴った。

コール音は五回鳴ったら自動的に留守番電話モードに切り替わる。裕太は特に慌てることもなく、というよりほとんど無視して取り込んだ洗濯物が入ったランドリー・バスケットを持って家の中に戻った。

留守電の赤いランプが点滅している。

（誰？）

家電《いえでん》に電話がかかってくることはめったにない。

長兄《雅紀》はスマホを、次兄《尚人》は携帯電話を持っているからだ。緊急時はすべて雅紀《まさき》が対応している。

つい最近まで引きこもっていた裕太には、そもそも電話で話をするような友達もいない。

だったら、家電なんていらないんじゃね？　……とは、思わない。

もしも何かが起こったとき、二人の兄に連絡を取る手段がなくなってしまうからだ。それだと、困る。

とりあえず、篠宮家の家電はそれに特化していると言っても過言ではなかった。

直近では、姉である沙也加《さやか》から家に置いてあるピアノを引き取りたいという電話があったが、その後、なんの音沙汰《おとさた》もない。

沙也加の中では、いまだに『わがままで出来の悪い弟《引きこもり》』としか認識されていない裕太への見下し感が半端ない。そんな沙也加の相手をするのもウザいだけだから、連絡が来なくてもどうということはなかった。

再生ボタンを押すと。

『裕太？　俺だけど。今から帰るから』

尚人《なおと》だった。

（……ったく、どこのオレ様だっつーの。ちゃんと名前くらい言えよ）

ぶつくさと文句をたれる。

声を聞けばわかる、とか。手抜きもいいところだろう。

今日は友人と写真展に行くとかで、朝から尚人の顔が緩みまくっていたのを思い出す。

このところ、尚人は休日になると出かけることが増えた。高校三年生になって急にアクティブになったわけではないようだが、尚人にもいろいろ付き合いがあるらしい。

引きこもっていた裕太は普通の高校生の日常というものがどういうものか、わからない。

気がついたら、雅紀は夜のアルバイトにどっぷりハマって家にいないことのほうが多かったし、高校受験に惨敗した沙也加は裕太が知らないうちに我が家から逃げ出していた。尚人は学校と家事に追われて篠宮家のハウスキーパーに成り果てていた。

昨年、初めて翔南《しょうなん》高校の文化祭に行って、ようやく、尚人がごく普通の高校生らしいことをやっているのを認識できた。

我が家のハウスキーパーではない、クラスメートと楽しく過ごしている尚人というのがなんだか逆に新鮮だった。

家の中では見せたことのない笑顔でごく普通に笑っている尚人を見たとき、学校に行くということが尚人の唯一のストレス解消法だったのではないかと、ふと、そんなふうにも思えた。

以前は、どこの箱入りだよ？　……ばりに、何かにつけて雅紀にお伺いを立てていた尚人だったが、近頃は事後承諾になっていた。

基本、雅紀は尚人の自主性を尊重するふうに装っているが、あの独占欲の権化みたいな兄が内心では快く思っていないのは見ていて丸わかりだった。

ツンドラもどきだった雅紀の表情筋がようやく裕太にも読めるようになった。……わけではない。

雅紀が、裕太の前ではまったく何も取り繕わなくなっただけだ。本当に、いっさい遠慮というものがなくなった。

今までの鬱憤晴らしをしているからではない。単に、裕太が何をどうしようと関心がないからだった。

雅紀の感情のベクトルは尚人にしか向かない。それを思い知らされた。

だから、裕太にはわかる。雅紀が焦《じ》れているのが。尚人の前では物わかりのいい兄貴面をしながら、その裏で不穏なオーラを垂れ流しているのが。

なのに、尚人はそんな雅紀の機微に気がつかない。

普段の尚人は空気が読めすぎる気配りの達人のくせに、そういうところは本当に鈍い。

ナチュラルに天然って、すげー………。と、思う。

やっぱり、筋金入りの箱入りだからか？

事後承諾ではあっても、その報告だけはきっちりやっているので雅紀が必要以上にキレることはない。きっと尚人は、自分が雅紀の支配欲という鎖で雁字搦《がんじがら》めになっているなんて、まったく、これっぽちも思ってはいないのだろう。

あの刷り込み方は半端ない。

裕太なら、絶対にご免だ。

だって——息苦しくて、窒息《ちっそく》してしまうのがオチだからだ。

それに比べて、雅紀の裕太に対する塩対応ぶりはまったくブレない。引きこもってねじくれて、身も心も荒《すさ》んでいた頃は、そんな雅紀にイラついて、ムカついて、どうしようもなく腹立たしかったが、雅紀の本性を知ってしまった今ではすっかり憑《つ》き物も落ちてむしろスッキリした。

愛情の反対は憎しみではなく、無関心。

雅紀を見ていると、それがよくわかる。

裕太の場合は塩対応で済んでいるが、沙也加に対する雅紀のそれは超絶ドライである。ある意味、それも沙也加の自業自得だったりするのだろうが。

いまだに尚人を毛嫌いして超ブラコンを拗《こじ》らせている沙也加には、たぶん、一生かかっても乗り越えられない絶壁だろう。

無駄なことはしないでさっさと諦めてしまえばいいのにと、裕太は本気で思う。でなければ、沙也加はずっと孤独のままだろう。

過去は過去。

そんなふうに割り切れない現実は重い。苦しい。……痛い。

それでも、自分たちは前に進むと決めた。雅紀も、尚人も、裕太も、それぞれの決意と想《おも》いを抱えて。

（だからさぁ、お姉ちゃんも、いいかげん自分を許してやれよ）

それを思わずにはいられない。

あの日、母親が死んだ。

雅紀は睡眠薬の量を間違えて飲んだことによる事故死だと言うが、周囲の者は誰もが自殺だと思っている。心労がたたって、精神的に追い込まれて、重度の鬱になって自殺したと。

沙也加は、母親の自殺の引き金を引いたのは自分だと思い込んでいる。

そうかもしれないし、そうでないのかもしれない。母親は遺書も残さずにいきなり死んでしまったから、真相は闇の中だ。

自分たち兄弟は母親の死という現実をそれなりに咀嚼《そしゃく》して呑み込むことができたが、沙也加の時間はあのときから止まったままなのだろう。

幸せの価値観なんて、他人が決めるものではない。

雅紀がどれだけ塩対応だろうと、裕太は尚人だけは自分を見捨てたりしないという妙な確信があった。だから、それでいいのだ。

いるもの。

いらないもの。

捨ててしまえるもの。

大切なもの。

そこのケジメがはっきりしていればいいのだ。

（ナオちゃんも帰ってくるし、洗濯物をたたんだら、米をといで水につけとくか）

尚人からのメッセージを消去して、裕太は自分のやるべきことをやることにした。

§§§§§　§§§§§　§§§§§　§§§§§

午後八時。

尚人と裕太が晩ご飯を食べ終えたあと、時間差で雅紀が帰ってきた。

「おかえりなさい」

いつものように尚人が声をかけると。

「ただいま」

雅紀の表情も声のトーンも柔らかくなる。

「あー、腹減った」

上着を脱いだだけで、雅紀は自分の定席に座った。

本当に空腹なのだろう。尚人はすぐにミネストローネのスープを温め直し、その間に冷蔵庫からサラダを出してご飯をよそった。

「いただきます」

言うなり、チキンカツをガツガツ食べ始めた。

「いつも思うけど。雅紀にーちゃん、家に帰ってきたとたん、被《かぶ》ってたネコを容赦なく脱ぎ捨てるよな」

呆《あき》れた口調の裕太に。

「それだけリラックスできてるってことだよね？」

すかさず尚人のフォローが入った。

本当に今更……であった。

レディース・モデルはまるで太ることに罪悪感を覚えているかのように小食で皆が体型維持に気を遣っているが、メンズ・モデルはそこまでではない。アスリートやダンサーならばもっと徹底した食事管理になるかもしれないが、食事にストレスを感じるようになってしまったら、それこそ本末転倒だろう。

尚人の手料理はごく普通の家庭料理だが、おいしい。どんな高級料理よりも、雅紀にとってはご馳走《ちそう》だった。

ようやく、少し腹が落ち着いてきたところで雅紀が言った。

「伊崎さんの写真展、どうだった？」

「入る前からすごかった。整理券番号待ちの人がいっぱい。みんな階段に座り込んでるから、最初はなんだろうって思った」

「へぇー。盛況だったんだな」

「あ、そう言えば。雅紀兄さんの名前ですっごく豪華な生花のアレンジメントが飾ってあったのにもビックリした」

「そりゃあ、大人のお付き合いの基本だろ」

「そうなんだ？」

「あーゆー業界は欠かせない義理と暗黙の掟《おきて》で成り立っているようなものだからな」

「……なるほど」

するとと、裕太がボソリともらした。

「雅紀にーちゃんの言い方だと、なんかすげーヤバそうなイメージしか湧《わ》かないんだけど」

「似たようなもんだ。『勝ち組』と『負け組』の差が明確だから」

カリスマ・モデルの雅紀がそれを言うと誰も勝てないような気がした。

「……で？　中はどんなふうだったんだ？」

雅紀に促されてしゃべり始めると、昼間の感動と興奮がぶり返してきて、尚人はこれでもかというほどの熱弁を振るった。

どこのブースの何が、どこが、どんなふうにすごかったのか。

それこそ、身振り手振りで。

雅紀は。

「へぇー」

「すごいな」

「それで？」

食事をしながら、そのときどきで絶妙な相槌《あいづち》を打つ。尚人が熱弁を振るう様子を楽しむように。

それを横目で眺めながら。

（ナオちゃん、すっかりゲロさせられちゃってるよ。まぁ、どっちも楽しそうだからいいけどさ）

裕太はひっそりとため息をもらした。

§§§§§　§§§§§　§§§§§　§§§§§

尚人が風呂から上がって自室に戻ってくると。先に風呂に入ってベッドの上で寛《くつろ》いでいた雅紀が手招きをした。

尚人の顔が少しばかり火照《ほて》っているのは、風呂上がりのせいだと思いたい。

パジャマ代わりのスウェットのままベッドに上がると、ゆっくりと抱き込まれてベッドに組み敷かれた。

足を搦めたまま、ついばむようにキスをする。

密着した雅紀の重みが心地いい。すごく安心できるから。

雅紀の背中に両手を回して抱きしめる。

そうするとより密着度が増して、その分、安心感も増す。

抱きしめて。

抱き返されて。

ゆったりと心拍数が上がった。

ついばむだけだったキスも深くなる。

口角を変えるたびに濡《ぬ》れたリップ音がかすかに響いて、鼓膜を揺らす。

舌で歯列をなぞられてそのくすぐったさに小さく首を竦《すく》めると、すかさず舌をねじ込まれた。

チロチロと舌でつつかれるように上顎を舐《な》められると、背中がゾクゾクした。

口の中をこんなふうにねぶられて気持ちがいいなんて、知らなかった。

軽くつつかれて。

なぞるように舐められて。

もっと奥までねぶられて。

鼓動がドクドク逸《はや》って、そうと意識しないのに鼻から息が抜けていった。

乳首がじんわりと熱を持って立ち上がるのがわかった。

雅紀がスウェットの裾《すそ》から手を入れて、下腹をゆっくり撫《な》でた。

「いい子だ、ナオ。ちゃんと下着を着けてないな」

耳まで真っ赤になって、こくこくと頷いた。

風呂に行く前に雅紀に言われたのだ。スウェットの下には何もつけるなと。

——ホントは素っ裸のままでもよかったんだけど。もしも裕太に見つかったら、ナオも嫌だろ?

それだけは絶対に嫌だ。

尚人と雅紀がセックスをしていることは、すでにバレてしまっている。雅紀にはまるで隠す気がないからだ。

尚人が知らないうちに、裕太に問い詰められたようだ。二人がそういう関係になった経緯をあっさり白状してしまったらしい。

裕太は、そこらへんのことを『あってないもの』というスタンスを貫いている。

だからこそ、尚人も素知らぬふりで日常生活を送れているのだ。最初はぎくしゃくと挙動不審ぎみだったが、時間が経《た》つにつれて慣れてしまった。

本当に、慣れというものは怖い。

雅紀はどうでも、尚人はそういうところを裕太に見られたいとは思わない。二人の関係がバレているからといって、自分から赤裸々にオープンにするつもりはなかった。

風呂上がりに下着を着けずにスウェットだけでなんて、バスタオルを腰に巻いたまま出てくるよりも恥ずかしい。

なぜって…………。

下半身がやけにスースーするからだ。

どうにもあれの収まりが悪いからだ。

ちょっと動いただけで変に食い込んでしまうからだ。

だから。たぶん。バスルームから自室に戻ってくるまでの間、尚人の歩き方はものすごく変だったに違いない。

それもこれも、雅紀に言われたからだ。

――ナオとするとき、まだるっこしいのがイヤなんだ。なんか、もたついてたら気が削がれるっていうか……。その点、スウェットだったら脱がすのも簡単だろ?

確かに、雅紀にキスをされて乳首をいじられるだけで中途半端に勃起してしまうことが多くて……。下着を着けていると脱ぎにくいことは確かにある。先走りのしずくでベタついてしまうと、特に。

雅紀のお願いだから、多少恥ずかしくても下着を着けないほうがいいかもしれないとも思ったのだが。中途半端な羞恥心《しゅうち》のほうがよけいに恥ずかしいものだと知った。

「ナオは、ホントにキスが好きだな。もう、乳首がビンビンに立ってる」

知ってる。

だって、雅紀には何も隠せない。尚人よりも尚人の快感の在処《ありか》をきちんと把握しているからだ。

下腹を撫でていた手をそろりと持ち上げて胸の尖《とが》りにふれた。

「明日は休みだし、久々にナオを抱き潰しちゃおうかな」

雅紀が耳たぶをねぶりながら囁《ささや》く。それだけで。

「ひゃう」

声が上擦《うわず》った。

「いいよな、ナオ」

指の腹で乳首を押しつぶしながら耳たぶを甘嚙みされて、顔が煮えた。

乳首がじんじん疼《うず》く。いじられていないもう片方の乳首まで尖りきるのがわかった。

「まーちゃん……嚙んで」

じんじん疼いて。

我慢できなくて。

言葉を絞り出す。

「噛んで………吸って」

「何を？」

芯《しん》のできた乳首を乳暈《にゅううん》ごとギュッと摘まれて。喉が変なふうに鳴った。

「ち……乳首、噛んで……。噛んで、吸って」

「いいぞ。ちゃんと上手におねだりできたからな。ナオの乳首、好きなだけ噛んで吸ってやる」

雅紀は左手でゆるゆるとスウェットをたくし上げると、熟《う》れて尖りきった左の乳首を舌でねぶり上げ、甘く噛んだ。


一度快感を覚えてしまったら、あとはずくずくになるだけ…………。

尚人は快感に従順だった。

ゆっくり、じっくり、丁寧に、時間をかけて雅紀が快感の芽を摘まんでやったから。

怯《おび》えさせないように、愛撫《あいぶ》の手を拒まないように、甘い呪文《じゅもん》を囁いて、気持ちよく吐精させる。

尚人が一番好きなのは、股間を揉《も》まれながら乳首を噛んで吸われることだ。

珠袋を握り込んでしごいてやると、とろとろと蜜《みつ》をこぼす。

熟れた蜜口を指の腹で擦《こす》り上げて秘肉を露出させ、爪でひっかくように弾《はじ》いてやると、背をしならせて腰を揺らす。ひっきりなしに喘《あえ》ぎながら。

快感に喘ぐ尚人が可愛《かわい》い。

喘ぎながら雅紀の名前を呼んで乱れる様が、愛らしい。

艶《つや》めく痴態《ちたい》が——ただただ愛《いと》おしい。

くっても、くっても、まだ足りない。そんな貪欲《どんよく》さに溺《おぼ》れてしまう雅紀だった。


顔をシーツにこすりつけて、呻《うめ》く。

両膝をついて、掲げた腰をしっかりホールドされて双丘を剝《む》き出しにされると、もう何度もされていることなのに、いまだに羞恥を覚えた。

自分では見ることも叶《かな》わないそこを雅紀に見られているのだと思うと、それだけで息が上がる。

雅紀とひとつに繋《つな》がるためには、固く閉じられたそこをしっかりと解《ほぐ》さないと辛《つら》くなるだけ。わかっていても、じっと見つめられているのが恥ずかしい。

つつつ……と指でそこをなぞられると、背中がピクリと震えた。

じれったいほどゆっくり撫でられて、その指が珠袋の付け根まで落ちていくと。

「ひっぁッ」

脇腹に静電気が走ったような気がして腰がよじれた。

そこはダメ。

それはイヤ。

両の太股がプルプル震えて、双珠がきゅっと吊り上がる。

背後で、雅紀がくすりと笑ったような気がした。

「ナオ、ここ……弱いよな」

言いながら何度も撫でられて、痛いくらいに張った珠を強く握り込まれてくぐもった声が漏れた。


溜《た》まった精を先に吐き出させておくと、感覚がより敏感になる。

尚人の身体《からだ》のいいところはすべて知っているつもりだったのに、最近、ひとつ見つけてしまった。

後蕾《こうらい》を剝き出しにして珠袋の裏筋をなぞってやると、尚人の腰が面白いくらいによじれることを。

珠を指に搦めてグニグニ揉みながら舌を這わせて下から上にねっとりねぶってやると、それはいい声で啼《な》いた。

後蕾の襞《ひだ》を舌先でなぞるように何度も舐め上げられて、すっかり息が上がる。

はくはくと口で喘ぐのと連動するようにそこがひくひくと疼いた。

雅紀の指がつぷりとめり込んでくると、下腹が痺《しび》れた。

粘膜をぐりぐりと刺激されて慣らされると、覚えのある疼きがそこからじわじわと広がっていった。

ねじり込まれて。

掻き回されて。

擦り上げられる。

ローションが馴染《なじ》んでくると指が二本になり、その動きがよりリズミカルになった。

雅紀のモノが正面から後孔にゆっくりめり込んでくる。

何度もそうやって繋がってきたのに、いまだにその瞬間だけは慣れない。

息が詰まって。

太股《ふともも》の筋が張って。

下腹がズンと重くなる。

「ほら、全部入った」

そう言って、雅紀が尚人の首筋にひとつキスを落とした。

そこが雅紀でいっぱいになる。

うるさいくらいに鼓動が響く。

じわじわと熱が広がっていくのがわかる。

指では届かなかったところを雅紀のモノで擦り上げられるかと思うと、先ほどまでとは違った意味で息が詰まった。

「大丈夫。何も怖くない」

いつもと同じ優しい呪文。

「だから、二人で気持ちよくなろうな」

二人の甘やかな夜はこれからだった。

《＊＊＊　本当にやりたいこと　＊＊＊》

雅紀《まさき》が加々美《かがみ》からその話を聞いたのは、ホテルのカクテル・ラウンジで貴明《たかあき》が醜態をさらした夜から三日後。メンズ・コレクションの衣装合わせが終わったときのことだった。ビルの地下駐車場に止めてある愛車に乗り込んだタイミングを見計らったかのように、電話がかかってきた。

『雅紀。「ヴァンス」のクリストファー・ナイブスがおまえと一席設けたいって言ってきたんだけど。どうする？』

前置きもなしで、加々美がいきなり爆弾発言をした。

一瞬、返す言葉に詰まった。

対面でなく電話でよかった。たぶん、ものすごく間の抜けた顔をしていただろうから。

「いきなり、なんですか」

意味がわからない。

『だから、まんまだよ』

「彼が、そう言ったんですか？」

いったい、なんのために？

どうして、加々美がそれを言うのか。

『そうだ』

なんだか、今日の加々美はえらく投げやりである。いつもは電話越しでも大人の余裕を崩さないのに。

何かトラブルでもあったのだろうか。

「それって、おかしいでしょ」

『何が？』

「どうしてそんな話になったのかなと思って」

『そりゃあ、クリスの都合だろ』

「加々美さん、何か聞いてるんですか？」

『いや。俺は段取りをつけてくれって頼まれただけ』

「だから。なんで、彼がそんなことを加々美さんに頼むんですか？」

変だろ。

おかしいだろ。

辻褄《つじつま》が合わないだろ。

普段の加々美だったら、たとえ高倉《たかくら》からそういう話を振られたとしても自分が納得できなければきっぱり撥《は》ね付けるに違いないのに。

なのに――どうして？

『向こうは、俺とおまえが業界の掟破《おきて》りなのを知ってるからな。手っ取り早い方法を選んだだけだろ』

業界の掟破り。

耳タコな台詞《せりふ》である。普通は所属事務所が違えばライバル関係になるのが常識だから、雅紀と加々美の関係が異質なのだ。

それでも、周囲の雑音であっさり断ち切れるほど信頼関係は薄くも細くもない。そう思っていた。

加々美は、いつだって雅紀に対して真摯《しんし》であった。

モデルとしての基本はすべて加々美に教わったようなものだ。いや……人生の基本と言うべきだろうか。

わからないことをわからないままにしておくのは駄目だと言われた。

聞くのは一瞬の恥、聞かぬは一生の恥。それを実践するのはなかなかに難しかった。世間に対する不信感で凝り固まっていたから。

あの頃。頑《かたく》なだった雅紀の心を熱意という名のしつこさで辛抱強く解《ほぐ》してくれたのは加々美だった。

　どれだけ突っ張って見せても、大人の余裕で受け止めてくれた。ときには兄のような厳しさで。あるいは、友人のような気安さで。

　だから、歳《とし》の差はあったがそれほど気にならなかった。

　何より、加々美と親密な関係であることが誇らしかった。

「それって、加々美さんがナオの代理人なのと関係あります？」

『多少はあるかもな。高倉《たかくら》じゃなくて、俺に話を振ってくるくらいだから』

「はぁ、そうですか」

　なんだか嫌な展開である。

　普段は言葉のキャッチボール的に打てば響くような駆け引きはあっても、こんなふうな押し問答にはならない。

　今日は加々美との距離感が遠い。

　いつもと勝手が違う。

　拠《よ》り所があやふやで、会話の筋《キモ》が上手《うま》く摑《つか》めない。

　まったくもって厄介な予感しかしない。

『で？　どうする？』

　熟考する時間もないということなのか。

なぜ?

「俺に拒否権はあるんですか?」

そこは外せないポイントである。

『当然、あるだろ。おまえはお願いされてる立場なんだから』

「すっごく胡散臭《うさんくさ》すぎて、なんだかなぁ……です」

『それは俺にじゃなくて、クリスに言ってくれ』

なんだか、いきなり突き放されたようでヒヤリとした。

あの夜。加々美が貴明に見せた冷たさが不意に思い出された。

加々美が本気を出せば、いつでも、あんなふうに切り捨てられるのだと初めて知った。

貴明の失態と自分は無関係であるはずなのに、なぜか、他人事《ひとごと》とは思えなかった。

あの瞬間、下腹がズンと重くなった。

肝が冷えた。

本音で怖いと思った。

雅紀は加々美に依存していたわけではないが、対等であるとも思っていなかった。そこには男として、人生の先輩としての超えられない格差があるからだ。

貴明のあれを見て、ふと思った。加々美との親密さにぬくぬくと甘んじていたら、カリスマ・モデルと呼ばれることに狎《な》れきってしまったら、加々美の期待に応えられなくなってしまったら、いつかは雅紀も切り捨てられてしまうのではないかと。それは——絶対に嫌だ。だったら。

……………どうする？

尚人《なおと》は雅紀の腕の中から飛び出して自立しようとしている。

だとしたら、雅紀もそれ相応のステップ・アップをする時期が来たのかもしれない。加々美に、本当の意味で認めてもらうためにも。

「その話をパスすると、どうなります？」

『……………』

加々美がどういうつもりでこの話を雅紀に振ってきたのか、わからない。

そこにはクリスのどんな意図が隠されているのか。

……………いないのか。

加々美が雅紀に何を求めているのか。

それがただの杞憂《きゆう》にすぎないのか。

もっと違う何かがあるのか。

考え出したら切りがない。

雅紀の頭の中にあるのは、答えのない疑問だけだった。

「拒否権、あるんですよね？」

念を押すと。

『その場合は「オフィス原嶋《はらしま》」からの強制指名が発動されるかもな』

なに、それ。

ますます嫌な予感しかしない。

「それって、あちらにとってどんなメリットがあるんですか？」

『さぁ、な。今回、俺はただのメッセンジャーだ』

加々美をただのパシリに使うとか、本当にあり得ないのだが。もしかしたら、加々美がメッセンジャーであること自体に意味があるのかもしれない。

だったら、ここでゴネてもしかたがない。

「わかりました。受けて立ちます」

ため息まじりに雅紀が言うと。

『いいのか？』

自分から話を振っておいて、なんでそこで疑問符なのだろうか。もう、本当にわけがわからない。

「だって、俺に拒否権はないんでしょ？」

加々美の真意がどこにあるのか。

どちらを向いているのか。

今のところは意味不明だが、雅紀にはひとつだけわかることがある。

「つまり、クリストファー・ナイブスは非公式に俺に接触したいってことですよね？　どういう理由があるのかはわかりませんが」

公式と非公式。

その差は大きい。

「どうせなら、セッティング会場はせいぜいお高いところに振ってください。美味《うま》い物でも食って元を取らなきゃやってられないです」

『了解。伝えておく』

あっさり、電話は切れた。

（クリストファー・ナイブスとの会食……ねぇ）

いったい、どういう裏があるのだろうか。それを思うと、一気に疲労感が押し寄せてくる雅紀だった。

§§§§§　　§§§§§　　§§§§§　　§§§§§

ゴールデンウイークが終わって五月も後半に入ると、街の喧騒《けんそう》もそれなりの落ち着きを取り戻した。

その日。

クリスはプライベートでひっそり来日した。

加々美から雅紀との非公式な顔合わせの日時と場所を指定されたからだ。

加々美、曰《いわ》く。

〔超多忙な『MASAKI』のスケジュールをピンポイントでもぎ取ったんだから、おまえが合わせろ〕

もちろん否はない。

むしろ、無事にセッティングまでこぎ着けて内心ほっとしたというか、加々美の骨折りには感謝しかない。

その加々美に空港の到着口で出迎えられて、クリスは唖然《あぜん》とした。あまりにビックリしすぎて、束《つか》の間《ま》、目を見開いたままその場に棒立ちになった。

サングラスにジーンズ&ジャケットというラフすぎる格好であっても均整の取れたスタイルのよさは隠せない。醸し出すオーラが違う。目立ちまくりもいいところだった。さすがに、メンズ・モデル界の帝王である。

〔やぁ〕

〔どうも〕
簡単な挨拶を交わして。
〔さすがにビックリだよ〕
クリスが苦笑いをすると。
〔どうせなら派手に恩を売っておけと高倉に言われてな。これも一種の業務命令だ〕
加々美がふてぶてしく笑った。
なんだかもう、加々美は取り繕わなくなった。壁がなくなったというより、今回のことで加々美のほうから一歩踏み込んできたような気がした。
どういう心境の変化があったのかは知らないが、クリスとしても日本人特有の持って回った言い方をされるよりもやりやすくなった。
〔なるほど〕
そのままいつまでも立ち話をしているわけにも行かず、肩を並べて歩き出す。もちろん、加々美がクリスの荷物持ちをしてくれるわけではなかった。
今回はプライベート。仕事《接待》ではない。
なるほど。
……なるほど。
クリスの唇からは自然と笑みがこぼれた。

〔ホテルはどこだ?〕
〔六本木《ろっぽんぎ》のリッツ・カールトン〕
〔なんで、そこ?　こっちでのお気に入りはミレニアムじゃなかったのか?〕
〔そうなんだけど。六本木にぜひ行ってみたいところがあって。リッツなら散歩がてら歩いて行けそうかなと〕
〔行ってみたい場所?〕
〔ネイチャー・フォトグラファー『GO-SYO』の写真展〕
とたん、加々美の足がぱたりと止まった。
釣られて足を止めると。
〔そんな趣味があったのか?〕
茶化しではなく真剣に問われた。
〔ユアンとカレルが彼の大ファンでね。このあいだナオト君が見に行ったようで、大絶賛のメールが来たらしい。それで、こっちに来たら写真展に行って限定本やらなにやらお土産を買ってきてくれって頼まれたわけ〕
加々美は顎に手を添え、わずかに視線を落とし、なにやらぼそぼそと日本語でつぶやいていた。もちろん、何を言っているのかはまったくわからなかったが。
〔じゃあ、俺が案内《ガイド》してやろう〕

まるでいいことを思いついたとばかりに片頬で笑った。どう見ても爽《さわ》やかな笑顔とは言い難かった。どちらかと言えば腹に一物あるような、そんな顔つきだった。

§§§§　§§§§　§§§§　§§§§

とりあえずホテルでチェック・インを済ませたあと、加々美はクリスと連れだってイベントホール『アウローラ』にやってきた。

集客力のある大型連休が終わったあとの、少々時間が経《た》ってからの平日の午後だからそんなに混んでいないだろうと思っていたら……甘かった。階段座りの整理券番号待ちがいっぱいいた。

先ほどクリスが吹き抜け階段を見て目を瞠《みは》っていたが、その驚きの半分は番号待ちをする者たちの混雑ぶりだったかもしれない。

『アウローラ』のような立地条件がよくてその分賃料がバカ高いイベントホールで写真展を開くと聞いたときには、主催者もけっこう強気——ある意味チャレンジャーだなと思っていたが。これほどの盛況ぶりを見せつけられると『GO－SYO』のネームバリューも侮れないと実感させられた。その一翼を担っているのが『ミズガルズ』のPV効果だったとしてもだ。

加々美は伊崎《いざき》にもらったスペシャルなチケットはすでに使用してしまったが、それとは別口のコネでバックヤードから入れてもらった。

コネを乱用するのはもちろん顰蹙《ひんしゅく》ものだが、使うべきときに有意義に使うのがコネの醍醐《だいご》味《み》である。

コネなんて、ずるい。汚い。そんなの不平等。

そんな青臭いだけの正義感を振り回すほど純粋無垢《むく》ではない大人二人組は何食わぬ顔で入場する。

〔カガミ。君っていろいろ面白そうな人脈を持っているんだね〕

クリスには非常にいい笑顔で言われてしまったが。

（ワールド・ワイドに店舗を展開するやり手オーナーにそんなことを言われてもな）

というのが加々美の正直な気持ちであった。

入場する際、掌《てのひら》サイズの貸し出し用イヤホン付きの音声ガイドプレイヤーをクリスに手渡した。一応、数に限りがあるので基本は当日早い者勝ちの有料になっている。ちなみに、簡易のイヤホンだけは持ち帰り自由である。

〔何、これ〕

〔いいから、行くぞ〕

加々美に言われるままにクリスはイヤホンをして緑《再生》ボタンを押す。すると。

「〔本日はご来場いただき、ありがとうございます。私は英語版音声ガイドです。まず最初にこのプレイヤーの使い方をご説明いたします〕」

いきなり流暢《りゅうちょう》な音声が流れてきた。しかも、なにやら非常に聞き覚えのある声が。

〔……え？〕

思わず声が出た。

もしかして。

これって………。

とりあえず使用方法を聞き終えて赤《停止》ボタンを押してから、クリスはがっしと加々美の腕を摑んだ。

〔カガミ。この音声ガイドの声って……〕

〔そう。尚人君〕

クリスが啞然と目を瞠った。

〔どういうこと？〕

〔『GO‐SYO』から相談されたんだよ。来場者には思った以上に外国人のファンがいて、英語版のナビゲーションがあったほうが彼らももっと楽しめるんじゃないかって〕

〔彼が、君に？　そういう付き合いがあるってこと？〕

〔まぁ、一応〕
腐れ縁である。伊崎がカメラマンを目指し、加々美がモデルになったことで、今でもけっこう振り回されている。
〔……なるほど。カガミ、やっぱり君は侮れない奴《やつ》なんだな。というか、彼ってそんな気遣いができる人なんだ？　すごいね〕
クリスの的外れな賞賛に、思わず乾いた笑いが漏《も》れた。
〔違う。それを言ったのは尚人君〕
クリスの双眸《そうぼう》が大きく見開かれた。
〔……だよな〕
そういう気持ちはよくわかる。
〔誰に？〕
〔『GO－SYO』本人に〕
〔わお〕
クリスが外国人特有のジェスチャーで『まいりました』とでも言いたげな顔をした。それがまた気障《きざ》にもならずに様になったりするものだから、外国人はなんともお得だなと思う。日本人がそれをやったら、どう見てもギャグにしかならない。
〔ナオト君って、ホントに、なんて言うか……あれだよねぇ〕

言ってることは支離滅裂だが、言わんとすることはわかる。

伊崎からその話を聞いたときには唖然として、いったいどこまで予想外を突っ走る気なのかと、しまいにはどんよりとしたため息しか出なかった。

おそらく、だが。尚人は感じたことをありのままに伊崎に伝えたのだろう。素直に、なんの打算もなく、それがどういう結果をもたらすのかなど考えもしないで。

だからこそ、伊崎の心情を揺さぶったに違いない。そうでなければ、どこまでも我が道を貫き通すあの伊崎が、加々美に相談など持ちかけるはずがない。

本当に………。

なんというか………。

高校生の素直な感性にすっかりやられてしまった。

その発端になったサプライズ・スピーチの話になるとさすがに伊崎のトーンも地を這《は》ったが、伊崎の傲岸不遜《ごうがんふそん》ぶりで地獄を見たことのある加々美はよくその場で伊崎がキレなかったなと、別の意味で驚いた。

人間が丸くなった?

………まさか、な。

どういう心境の変化だったりするのか。

………興味はあるが、無駄に突っ込みたいとは思わない。

〔それで『GO－SYO』がなんとかできないかって話になって、主催者側も乗り気になって、あれよあれよという間に音声ガイドが形になったわけ〕

〔でも、なんでそれがナオト君？〕

〔『GO－SYO』のご指名に決まってるだろ〕

まさに鶴の一声である。

〔はぁぁ……。そうなんだ？〕

〔そういうこと〕

〔すごいな。ネームバリューもない素人同然の高校生を抜擢《ばってき》する『GO－SYO』の無茶ぶりって。カガミ、君と同じですごいギャンブラーって気がする〕

加々美としてはあの伊崎と同列に語られてはたまったものではないが、すでに元旦の無茶ぶりという前科があるのであえて否定もせずに曖昧に笑ってごまかした。

伊崎が提案という形で加々美に振って、加々美が高倉を巻き込んで『アズラエル』と主催者側の出版社で話し合いがもたれ、何かと口を出したがる『鳳凰《ほうおう》企画』をいいふうに高倉が丸め込み、伊崎のゴリ押しでナビゲーションの声が尚人に決まった。それが正しい。

もちろん、尚人への根回しはきっちりと加々美が請け負ったわけだが。その時点で、雅紀はもう『写真展に行っただけでどうしてそこまで話がデカくなるんですかね。俺にはまったく理解できませんが』という顔つきだった。

§§§§§　§§§§§　§§§§§　§§§§§

音声ガイドの話が本決まりになる前。

日曜日。

加々美から電話があった。

『近くまで車で来てるんだけど、ランチでもどうかな』

見え見えな誘いであったが、尚人は二つ返事で頷《うなず》いた。事前に、雅紀から『加々美さんからお願いという名のアルバイト』の話を聞いていたからだ。

そのときは、てっきりいつものように電話で対応するものだとばかり思っていた尚人は、まさか加々美からそんなふうに誘われるなんて予想外もいいところだった。変にドキドキしてしまった。

(いいのかなホントに)

カリスマ・モデルである雅紀と二人で出かけるのにも気を遣うのに、白昼堂々、メンズ・モデル界の帝王様と高級そうなイタリアン・レストランでランチなんて。加々美的にはなんの問題もないのだろうかと。

桜坂《おうさか》たちとファミレスに入ったときはつい物珍しさにキョロキョロしてしまったが、連れが加々美だと思うとなんだか場違い感が半端ない。

自意識過剰かもしれないが、周りの視線が気になってしかたがなかった。

あらかじめ予約してあったのか、こぢんまりした個室に通されると、あからさまにほっとした。

そんな尚人を見て、加々美がやんわりと笑った。

「かえって気を遣わせちゃったかな」

「そんなこと、ないです。なんか、加々美さんとこんな高そうなとこで食事するなんて初めてだから、ちょっと……緊張しちゃって」

本音がだだ漏れた。

それから食事が始まって。前菜を食べ終わる頃にはすっかりリラックスしてしまった。加々美との会話が楽しすぎて。

「それで、バイトの話なんだけど」

「はい」

「どうかな?」

「やりたいです」

尚人がしっかりした口調で言うと、加々美の相好が崩れた。

「あー、よかった。ほっとした。断られたらどうしようかと思った」

そんな大げさな……と尚人は苦笑いである。

「伊崎がね。尚人君に言われるまでサプライズなんか面倒くせー……とか思ってたから、ちょっと目からウロコがぽろぽろ落ちまくりだって言ってたんだよ」

言われて、特設ステージの上で伊崎がスーツ軍団にキラーパスのような視線を飛ばしていたのを思い出した。

(やっぱり、あれってそういうことだったんだ?)

大人げないとは思わなかった。誰だって、不本意なサプライズは困るだけだろう。心の準備やら何やらで。その場でいきなりスピーチをしろと言われても、あらかじめ原稿を用意しているわけでもないだろうし。

それを思うと、伊崎はやはり別格だったのだと思う。

「でも、伊崎さんのスピーチ、すごくよかったです。ちょっとユーモアが効いてて、丁寧で、拍手喝采でした。写真家としての伊崎さんのプロフィールは知っていても、ああいうサプライズでもなければ生《ナマ》の伊崎さんを知る機会《チャンス》なんてないですから。ファンとしてはとっても嬉《うれ》しかったです。外国人さんもすごくラッキーだったって言ってました」

ラッキー・チャンスは時の運次第。それがよくわかった。

「そうだね。だから伊崎も、せっかく来てくれた外国のファンのためにもっと写真展を楽しんでもらいたいって思うようになったんじゃないかな」

「その役に立てるのなら、すっごく嬉しいです」

本気で思う。加々美から音声ガイドの話を聞いて、待っているだけでは何も変わらないと思うと同時に、そういうチャンスがもらえたことを素直に感謝したい尚人だった。

新学期の始業日に、中野《なかの》も山下《やました》もきっちり目標を持つことへの意思表明をしたし、桜坂に至ってはすでに進むべき道を見定めた発言があった。同じ歳のカレルはもっと早くからやりたいことを実践中である。

山下の台詞ではないが『だらだらしてらんねーよな』という心境だった。

桜坂は『できることとやりたいことは別腹』だと言ったが、尚人の場合、できることはやりたいことに直結していた。

だったら、迷うことはないだろう。あとは自分の頑張り次第だと思った。

そういう意味では、音声ガイドというアルバイトがまずはその第一歩になればいいと思った。

聞き上手な加々美に乗せられて、ついペラペラと自分なりの決意表明までしてしまった尚人である。

そんなこんなで。コース料理の最後のデザートが出てくると、ためらいがちに尚人は言った。

「あの、加々美さん。この際だから、ちょっと聞いてもいいですか?」

「なんでも聞いて」

にっこり加々美が笑う。

「雅紀兄さんのことなんですけど」

「雅紀？」

加々美が訝《いぶか》しげに目を細めた。そこで雅紀の名前が出てくるとは思わなかった、とでも言いたげに。

「加々美さんが雅紀兄さんをスカウトしたんですよね？」

加々美が頷く。

「だったら、教えてくれませんか。加々美さんと出会った頃の雅紀兄さんのことを。知りたいんです。高校生だった雅紀兄さんがその頃、どんなふうだったのか。俺たちを養うために何もかも犠牲にしてモデルになることを決めた、俺の知らない雅紀兄さんのこと……知りたいんです」

知りたい。

――切実に。

雅紀には、当時のことはいまだに聞けない。

――怖くて。

無知だったことをリアルに突きつけられるのが、怖くて。

——聞けない。

だが、雅紀の口からは聞けないことでも、加々美だったら教えてくれるのではないか。そう思った。

「どうして、そう思うのかな？」

「雅紀兄さんと同じ高校三年生になったからです」

あんなことがなかったら、雅紀にはいくらでも選択肢があったはずなのに。雅紀に相応《ふさわ》しい輝かしい未来が待っていたはずなのに。現実は……違った。

「今の雅紀兄さんを見ていると、モデルという職業は雅紀兄さんにとっては天職なのかなって思うけど。その当時のことはまったく知らなくて。ていうか、その頃のことは雅紀兄さんには聞きづらくて……。当時の雅紀兄さんと同じ年齢になったからって、雅紀兄さんと同じことができるのかって言われると、それはぜんぜん無理そうだけど、気持ちで負けたくないと思って」

「そんなに気難しく考える必要はないんじゃないかな」

「……え？」

「雅紀の決断は雅紀が自分で決めたことであって、あくまで自己責任の範疇《はんちゅう》だから」

加々美の言葉は予想外にシビアだった。

「選択肢がたったひとつしかなくても、ですか？」

「俺が知る限り、それくらいドライに割り切れるのが雅紀って気がする」

そうだろうか。

高校生の雅紀に、そこまで重い選択を迫ったのは自分たちではないのか。自分たちの存在が雅紀の足かせになってしまったのではないのか。

ずっと。

……ずっと。

それが尚人の負い目になっていた。胸の奥底に突き刺さったまま抜けない刺《とげ》だった。

「それはきっと足かせなんかじゃなくて、雅紀が尚人君たちのことを本気で大事に思っているからだと思うよ？　でなきゃ、怖いのは真っ白なスケジュール帳……なんて本音で口にしたりしないって」

なんだか上手くはぐらかされたような気がしないでもないが。雅紀にも言えなかったことを正直に吐露できて、長年抱えてきたわだかまりがうっすらと軽くなったような気がした。

相手が加々美だったから、雅紀には言えないことも言えて、聞けなかったことも聞けたのかもしれない。

「でも、そうだな。当時の雅紀の胸中を代弁することはできないけど、尚人君の知らない俺と雅紀の出会い編ってことでよければ、いくらでも語れそうだよ」

加々美がお茶目にバチンとウインクをした。

「出会った頃の雅紀は、愛想どころかそりゃもう可愛《かわい》げの欠片《かけら》もなくてね。俺が一生懸命話しかけてもガン無視だったわけ」

それから加々美は、いかにも楽しげに語り出したのだった。雅紀との出会いを。

§§§§　§§§§§　§§§§　§§§§

尚人とのデート・ランチのことをつらつらと思い出しながら、加々美はクリスと写真ブースを回った。

各ブースに来ると、クリスは音声ガイドを操作して聞き入っている。

展示された写真にはナンバーが振ってあり、シンプルに撮影日と撮影場所が添付されてあるが、それ以外のコメントは何もない。よけいなものは極力排除して、その世界観を感じてもらいたいというのが伊崎の意向だからだ。

確かに、世界観に浸ってイマジネーションを搔《か》き立てるには情報量はシンプルなほうがいい。

見て。

感じて。

想像する。

シンプル・イズ・ベスト——である。

音声ガイドはそれを補完するためのツールである。ナンバリングされた写真のタイトル付きで簡単なコメントをしている。それを必要とするかどうかは人それぞれである。

展示された写真の詳しい解説は限定本にも書かれてあるが、英訳はされていないので外国人来場者には音声ガイドがすごくわかりやすいとことさらに評判がよかった。

その結果はアンケートにもきちんと反映されていて、癖のある英字で書かれた感想をスタッフが頭をひねりながら日本語に訳すという、思わぬ手間が増えたと嘆く一幕もあったとか、なかったとか。

ちなみに。音声ガイドには日本語版もある。数は限られているが。

こちらのナビゲーションは人気急上昇中の男性声優（『アズラエル』の声優事務所所属）が務めており、英語版ともどもそれが口コミやネットのファンサイトで広がってリピーターが続出。主催者側としても嬉しい悲鳴を上げている。

ちょっとした工夫で楽しみ方が増える。写真展を盛り上げるにはそういう柔軟な対応も必要だということがよくわかった。

すべてのブースを堪能《たんのう》したクリスは、

〔いやぁ、すごくよかった。タカクラは本当にビジネスに貪欲《どんよく》だね〕

笑顔で言い切った。

高倉も、クリスにだけは『貪欲』などと言われたくはないだろうが。まったく畑違いだった伊崎の写真展で各方面との思わぬ縁ができてニンマリだったことは言うまでもない。


加々美としては、雅紀公認で尚人を非常勤のアルバイトとして確保できたのは望外の喜びであった。

「待ってるだけじゃ何も変わらない。現状維持で満足しているようでは成長も頭打ちですよね。今度のことで、なんだか俺もナオに教えられたような気がします。巣立つヒナがいつ戻ってきてもいいように、俺もそれなりにステップ・アップしなきゃ置いて行かれそうかなって。やっぱり、兄貴としてはそれくらいの見栄は必要ですよね」

妙に吹っ切れた顔で雅紀が言った。内心はいろいろ思うところもあっただろうが、それが雅紀なりのケジメの付け方なのだろう。

さすがに、転んでもただでは起きない性格をしている。それが雅紀の真骨頂なのだろう。

加々美としても一安心である。箱庭の守護者が雛《ひな》の巣立ちを促すことで自らを縛り付けていた鎖を断ち切ることができたのではないかと。

そして、尚人は。

「俺、やっぱり通訳っていう仕事が好きです。言葉って生モノですもんね。いろんな国の人と、自分の言葉でコミュニケーションができるようになりたいです。だから、待っているんじゃなくて自分から積極的に踏み込んで……は大学受験の準備とかあってちょっと無理かもしれないけど、そういう機会があったらぜひ、また声をかけてください。よろしくお願いします」

加々美の目を見て、しっかりと言い切った尚人の晴れやかな笑顔がまぶしくてならない加々美であった。

《＊＊＊　譲れない思いが交錯するとき　＊＊＊》

その夜。

名前だけは知っているが泊まったことはない超有名ホテルのレストランで、雅紀《まさき》はクリスと対面した。

元旦のスカイ・ラウンジでのあれは想定外のニアミスのようなものだから、正式にはこれが初対面といってもいいだろう。

〔初めまして。クリストファー・ナイブスです〕

クリスも仕切り直しという認識なのだろう。

〔マサキ・シノミヤです。よろしくお願いします〕

今は仕事ではなくプライベートだから、雅紀もフルネームで名乗った。

これまでの経緯からクリスの為人《ひととなり》に関する情報はそれなりにあったが、やはり、誰かからの又聞きではなく自分の目で確かめてみるのが一番だろう。

雅紀のとなりには加々美《かがみ》が座っていたが、あえてよけいな口を挟《はさ》むこともなく、単なるオブ

ザーバーとして本日の主役二人を静かに見守っているだけだった。
〔今日は僕の勝手な都合というか招待に応じてくれてありがとう〕
〔……いえ〕
〔仕事、忙しそうだね〕
〔まぁまぁです〕
〔そう？　今は何を？〕
〔秋物コレクションに向けての下準備です〕
〔もしかして、リョウ・カナタの新作？〕
〔さぁ、どうでしょうか〕
初対面の口慣らしという当たり障りのない会話はまだるっこしいだけだが、雅紀は聞かれたことに答えるだけで自分からは話を振らなかった。
非公式でという名目で雅紀を強制指名したのはクリスなのだから、彼が何をどうしたいのか、本題を切り出すまではゆっくり食事を楽しむことにした。
なんといっても、本場三つ星レストランのフレンチのフルコースを食べる機会などそうそうあるものではない。経費はクリス持ちなのだから、これはもう堪能するしかないだろう。
サラミとほうれん草のポタージュスープが美味《うま》い。サーブしてくれる係の説明では高級食材であるイベリコ豚のサラミであるらしい。

〔君、本当に流暢に話すね〕

〔ありがとうございます〕

〔ナオト君も綺麗《きれい》な発音で非常に聞き取りやすいっていうか、ネイティブ並みだけど〕

〔弟は資格持ちですから〕

野菜の三色テリーヌは見た目も鮮やかだ。

〔でも、君はそうじゃないってこと?〕

〔ほとんど必要に迫られての独学です〕

〔それをすんなり口にできるだけでもすごいと思うけど〕

〔今更隠すようなことでもないので〕

料理に舌鼓を打ちながら会話は粛々《しゅくしゅく》と進む。

牛テールの赤ワイン煮は味が沁《し》みてとろとろである。すごく、美味い。

〔ところで〕

〔はい〕

〔君、けっこういい性格してるよね〕

話し方がいきなり砕けた。それまではあくまでよそ行きの声質だったのに、ぐっとフランクになった。

してみれば、やはり、クリスも特大の猫を被《かぶ》っていたのだろう。

さすがに焦《じ》れたのかもしれない。うわべだけで実のない会話に。
それも織り込み済み……とニンマリできるほど雅紀に余裕があるわけではない。
だって、そうだろう。相手は格上の、それもどうやら一筋縄ではいきそうにない男らしいので。
初めから負け勝負をするつもりはないが、きっちりガードを固めておかないとヤバいだろう。気を緩めた拍子に、つい、うっかりで言質《げんち》を取られてはたまらない。
〔そうですか？〕
〔普通はもっとガツガツ聞いてくるもんじゃない？〕
〔何をですか？〕
〔ここに呼ばれた理由とか、ナオト君のこととか。いろいろあると思うんだけど〕
〔それを話すのはそちらであって、俺じゃないでしょ〕
雅紀がフォークを置いてクリスを見つめた。
と、クリスは片頬でうっすら笑った。
（うわ……。胡散臭さ全開だな）
加々美が無茶振りをしてくるときと、よく似ている。
加々美のそれはけっこうヤンチャが入っているが、スクエア眼鏡の効果なのか、なんだか底が見えにくい。

〔あー、やっと視線が合ったね〕
〔前振りが長すぎて、デザートまで食べきってしまうかと思いました〕
それがツボだったのか、クリスが声を上げて笑った。
〔カガミ。彼って、いつもこうなのかな〕
いきなり話を振られた加々美は特に慌てるふうもなく、優雅にナプキンで口を拭《ぬぐ》ってワイングラスに手を伸ばした。
〔今日の俺はただの置物だから、ノーコメントで〕
たいがい、加々美もいい性格をしている。この分では援護射撃も期待できそうにないなと思った。
いやいやいやいや…………………。そういうことを半ば無意識に期待してしまうのが、加々美に対する甘えなのかもしれない。
頭を切り替えて、気持ちをリセットする。
〔……なるほど〕
クリスは改めて雅紀を見やった。
〔君とはじっくり話がしたくてね〕
〔どんな？　俺としては、こんなふうに呼び出される意味がわかりませんが〕
ただのポーズではなく、だ。

〔それがナオト君のことでも？〕

〔弟のアルバイトに関してはすべて加々美さんにお任せしてあるので、俺としては何も心配していません〕

その境地に達するまでの葛藤《かっとう》がいろいろあったことは否定できないが。今、この場でそれを語る必要はないだろう。

〔それは、ナオト君の自主性を尊重するってこと？〕

〔そうです。俺が止める間もなく、すでにいろいろやらかしてますけど〕

それはもう、雅紀の予想の斜め上を。あの伊崎までを掌で転がしているかと思うと、どんよりとため息しか出ない。

尚人は自分が台風の目にいることなど少しもわかっていないが、そういうあざとさの欠片もない尚人だからこそ、周りが勝手に転がっていくのかもしれない。

そう、雅紀の目の前にいる男《クリス》も例外ではないのだろう。

〔ある意味、健全なことだよね。安全な巣から飛び出して自立しようとする気持ちは〕

〔そうですね〕

〔君は、もちろん、その後押しをするつもりはあるんだよね？〕

〔ええ……。自分でも過保護すぎる自覚はありますが、弟のやることをハラハラドキドキしながら見守っていくのも兄としての特権だと思っています。そこだけは誰にも譲る気はないので」

眼力を込めてきっちり主張する。

加々美とも、高倉《たかくら》とも、そして伊崎《いざき》とも違うタイプの男。自分のブランドを立ち上げ、運営し、その多角的な才能を見せつける男。

そんな男が、ただの高校生にすぎない尚人に固執している。笑えないジョークもいいところだった。

尚人がクリスに会ったのはたったの三回だ。それで目をつけられるなんて、まったくもって運が悪いとしか言いようがない。

しかも、今の雅紀では何もかもが力不足。それを痛感せずにはいられない。

だから、加々美が尚人の後見人として立ってくれたことは素直にありがたいと思っている。少なくとも、加々美は、欲得ずくで尚人をどうにかしようなどとは思わないだろうから。

あとは雅紀自身が頑張るだけだ。彼らと今すぐに対等に張れるとは思わないが、せめて気持ちの上では負けないように。

〔じゃあ、とりあえず、君の憂いは解消されたわけだね？〕

問われた意味がわからない。

解消どころか、気持ち的には宣戦布告をしに来たようなものだからだ。

〔実は、君に頼みたいことがあるんだ〕

雅紀は気持ちを引き締めるように下腹に力を込めた。

〔実は来年に『ヴァンス』の日本での旗艦店がオープンするんだけど。その店舗で流すプロモーション・ビデオに出演してもらえないかと思って〕

雅紀は思わず目を見開いた。

あまりに突然、まったく予想もしていなかったことを言われたので、束の間……思考が停止した。

もしかして、聞き間違えた？

それを思い、ぎくしゃくと加々美を見やると。

「だから、俺はただの置物だって言っただろ」

加々美は小さく肩をすくめて見せた。

否定もしなければ、肯定もしない。

けれども、何のリアクションもしないということは、クリスから事前にその話を聞かされていたに違いない。

〔単なるセレクトショップじゃなくて旗艦店だからね。インパクトのあるプロモーションをやりたいんだよ〕

〔それに、俺が？〕

〔そう。他の旗艦店でもやってることだから〕

〔でも『ヴァンス』は『アズラエル』と専属契約してますよね？〕

〔だから、あくまで店舗用の特別仕様。そこでしか見られない付加価値のある。誰もが知ってる御当地タレントを起用するっていうのがコンセプトなわけ。専属モデルとは別口。……どうかな？〕

いや……どうかな、と言われても。返事に詰まる雅紀だった。

さすがに、この展開はまったくの予想外で、いったい、何がどうなっているのか……頭の中が混乱状態。

何をどう言っていいのかさえわからなくて、やたら喉が渇いて。つい、ワインのグラスを摑んでぐいと飲み干す雅紀だった。

あとがき

こんにちは。

十月だというのに真夏日です。

ギラギラの太陽がまぶしいです。

西日がきつくてベランダのサッシが焼けてます。

ほんの少し前までは土砂降りの雨続きだったのに……。

この分だと、秋の気配を通り越して一気に冬へと突入してしまうのでしょうか。季節感がなくなってしまうのは嫌ですね。

さて。『二重螺旋《らせん》』も十四巻に突入いたしました。

昨今の事情で相変わらずの引きこもりです。自分にご褒美《ほうび》というメリハリがなくなって、ついダラダラと過ごしていたら締め切り地獄になってしまいました［大汗］。

各方面にご迷惑をかけまくってます［土下座］。

ようやく『あとがき』にこぎつけて心底ホッとしております。

次からは粛々と………頑張りたいと思います。

そんな中で、今回は何が楽しかったかというと。自分なりに大人組を書き込めたことでしょうか。

ちょっと腹黒さが入ったクリス。めちゃくちゃ楽しかったです（笑）。

冷えた口調で雅紀をビビらせる加々美さん。

無自覚な尚人にタラされる業界イチの偏屈男の伊崎さん。

趣味全開でした。なんだかキラキラの潤い度が足りなかったような気もしますが、まぁ、それはそれ、これはこれということで。

これから、主人公二人もレベルアップを目指します。……って、ゲームじゃないんだからと一人ツッコミを入れてる場合じゃないですね。

うん、もろもろ頑張ろう。

末筆になりましたが、円陣闇丸《えんじんやみまる》様、いつも美麗なイラストをありがとうございます。次は極道な進行にならないように気合いを入れ直します！

それでは、また。次作でお目にかかれることを祈って。

令和三年　十月　　吉原理恵子《よしはらりえこ》

この本を読んでのご意見、ご感想を編集部までお寄せください。

《あて先》〒141-8202　東京都品川区上大崎3-1-1　徳間書店　キャラ編集部気付
「箱庭ノ雛」係

【読者アンケートフォーム】
QRコードより作品の感想・アンケートをお送り頂けます。
Chara公式サイト http://www.chara-info.net/

■初出一覧

箱庭ノ雛……書き下ろし

Chara

箱庭ノ雛……【キャラ文庫】

2021年10月31日　初刷

著者　吉原理恵子
発行者　松下俊也
発行所　株式会社徳間書店
〒141-8202　東京都品川区上大崎3-1-1
電話　049-293-5521（販売部）
03-5403-4348（編集部）
振替　00140-0-44392

印刷・製本　図書印刷株式会社
カバー・口絵　近代美術株式会社
デザイン　カナイデザイン室

ISBN978-4-19-901046-0